大話山海經

——傷心百惡谷——

郭箏

目次

推薦

神廢異攻隊崛起——閱讀《大話山海經：傷心百惡谷》

沈默

啓動吧，《山海經》宇宙

郭箏自言《大話山海經》要借用法國小說文豪巴爾札克的《人間喜劇》系列，亦即，呈現萬千人物百科全書似的書寫技藝。這說來，可能現代讀者比較費解（再加上《人間喜劇》涵括兩千四百多名人物的九十一部小說在台灣根本只有寥寥數本），所以換個相對容易懂的講法吧，比如日本漫畫《JOJO的奇妙冒險》，抑或是更爲一般人熟知的好萊塢電影所謂漫威（Marvel）電影宇宙。

其特點呢，都是主角不一定是主角，配角也不一定是配角，主角可以當配角，配角也能夠變主角，敘事焦點自由轉移。像《蜘蛛人：返校日》裡東尼·史塔克（鋼鐵人）不就是最有分量的配角，他甚至還是《美國隊長3：英雄內戰》的反派；《復仇者聯盟3》更聰明，直接把大魔王薩諾斯變成敘事推進的主幹，這自然就顛覆所謂主配正反的普通概念與想法。

而漫豪荒木飛呂彥筆下的各個配角或反派，往往都非常有戲，例如第三部的主角空條承太郎，到了第四部變成配角；而第四部的配角廣瀨康一還比主角東方仗助更爲形象豐滿，且替身能力不停進化（回音 Act 1、2、3）；還有岸邊露伴，他的替身天堂之門尤其強大，後來也自成外傳《岸邊露伴一動也不動》（Thus Spoke Kishibe Roban）；第五部的喬魯諾．喬巴拿則壓根想要成爲流氓之王，最後變爲義大利黑手黨首領，凡此。

《大話山海經》系列的企圖也是相近的，郭箏一邊將《山海經》原典小說化、戲劇化，一邊塡充他嬉笑怒罵百無忌憚的喜劇本事，將神話世界寫成鬼話連篇，透過各種魔瘋亂狂的描寫，具體展演他心目中的神鬼（人性）劇場。

我以爲，這全然可以名之爲：郭氏《山海經》宇宙，抑或神話連環圖。

而義大利大小說家伊塔羅．卡爾維諾在《爲什麼讀經典》這麼談巴爾札克：「他最偏愛的靈感來源有二，他想要加以混合以寫出單一的系列小說，這兩個靈感來源便是：祕密社團，以及社會邊緣分子隱藏的無限權力。在超過一個世紀的時間中，滲透在通俗及知識分子小說裡的神話，全都浮現在巴爾札克的作品中。超人將自己變成難以捉摸的造物主，以報復將他放逐的社會……」

這番評論轉用於《大話山海經》，似也是精準的，特別是邊緣者隱藏的力量。而郭箏筆下的山海，其實就是現代世界與當代社會的鏡像——《大話山海經：顫抖神箭》開頭洛陽城堵轎，不正是塞車嗎，且隱喻文載道腦子堵住。

再廢，人生還是可以過的啊！

《星際異攻隊》是漫威電影宇宙很有趣的一個系列，而且滿引起共鳴的，主要是裡面的角色全都是怪胎，不是天才的那種怪胎，而是廢物或阿宅或人渣的那種怪胎，要不有自卑症，要不就是貪財至上，要不就是笨蛋，喊他們是廢物或失敗者聯盟，也無不可。而他們會成爲宇宙英雄，純純粹粹呢是誤打誤撞，走無以復加的狗屎運，當然你也可以說他們心中仍然保有善良的終極底線，恰如《大話山海經：顫抖神箭》高麗公主梳雲對文載道說的：「你有一顆黃金般純眞的心。」

觀諸《大話山海經》至今四冊，從主要人物群不難讀出郭箏對邊緣分子的柔心軟思。《大話山海經：靈魂收集者》的莫奈何是個孬孬的純種處男與運氣超能力者（到第四冊業已是集大宋、大遼、高麗、夏國、于闐五國國印的專業國師）；《大話山海經：顫抖神箭》的文載道則腦子摔壞，有記憶喪失症，把書看得比命還重要；《大話山海經：追日神探》夸父之後天下第一神捕姜無際是色痞子，把泡妞看得比辦案重要，到處和女性上床；《大話山海經：傷心百惡谷》薛家糖是女性腔濃郁的娘男、花美男，等等。

簡單來說，這些都是常人眼中的萬年廢物，但郭箏不僅僅是使配角變爲主角，更深入挖掘配角所蘊藏的可能性，把他們提升爲神廢物，並翻轉低俗和上流的分野，也拆穿道學喬張作致的可笑，稱他們爲神廢（話）異攻隊，也屬合宜。

人生何其悲涼哀慟，設若沒有種種教人發噱的事物，又該如何度過漫長的痛苦一世呢？此所以《大話山海經》系列每一本都是充滿笑聲的小說，但它又必然是有哭聲藏匿其中。

是了，荒謬之餘，郭箏也一步步顯露人類自願犧牲的高貴情懷。《大話山海經》前兩冊主角的結尾算是皆大歡喜，但到《大話山海經：追日神探》，儼如《X戰警》系列快銀或DC宇宙閃電俠的姜無際（比太陽跑得更快，就能快得過時間快得無可捉摸且逆轉時光），其最終行動也就令我聯想及倪匡那位有名的宇宙漂流者原振俠。《大話山海經：傷心百惡谷》的尾聲，更瀰散著曾經有一段眞摯的感情擺在我面前我沒有去珍惜等到失去了才後悔莫及的深刻情思。現實總是又殘酷又悲傷啊。而膽敢與瘟神西王母爭執的薛家糖分外搶眼，看似軟弱的他，一路走來，即使身體異變，仍舊不改純眞本性，他的娘娘腔隱隱承載這世間最難得的溫柔特質，其抉擇和意念甚且令人揪心——是啊，陰柔男又怎麼著，他的至情至性，可一點都不輸與那些自誇雄性氣概的傳統男子漢呀。

我不免要想起《星際異攻隊2》那位爲彼得．奎爾自我犧牲的藍身人勇度——他比奎爾的血親天神伊果，更像名父親。而這些爲情愛殉身的作爲，不都是俠的表現嗎？

唐諾在《我有關聲譽、財富和權勢的簡單思索》寫：「馬克思說，開始是悲劇，結束是鬧劇，但我更喜歡這一句：『人類歷史最終總選擇用漫畫來描述自己。』」唯《大話山海經：傷心百惡谷》卻是顛倒壯舉，從亂七八糟胡天搞地的鬧劇啓動小說，尾聲卻收在教人傷痛的悲劇。而我是這麼想的，人類史最終將透過愛情來描述自己。我寧可這般相信。

・沈默：一九七六年，降生十月，武俠人。曾多次獲溫世仁武俠小說大獎，包含第九屆長、短篇雙首獎，獲國藝會「長篇小說創作發表專案」補助，入選《華文小說百年選．臺灣卷》。著有《在地獄》、《天敵》、《傳奇天下與無神年代》、《七大寇紀事》、《幻影王》、《詩集》、《英雄熱》、《2069樂園無雙》，以及「孤獨人三部曲」、「天涯三部曲」、「魔幻江湖絕異誌」等系列。主掌「飛一般沉默」個人新聞台。

自序

神與妖的人間喜劇

《山海經》，知道的人多，讀過的人少。

如今只要是有點神話色彩的故事，都會被冠上「出自《山海經》」。

嫦娥、盤古、青龍、白虎等等等等，一大堆並不出自於《山海經》的野孩子在臺上搔首弄姿；至於那三、四百個親生兒女，武羅、帝江、長乘、勃皇等等等等，反而被人遺忘了。

那些被遺忘的嫡子落難於何方？

一向喜歡收留各路神明的道教，只收留了女媧、祝融、后羿，以及經過整容變造的西王母。

其他的呢？為何沒進收容所？

他們在商、周時代應該是被人廣泛崇拜過的，否則不會留下歷史紀錄。

他們的消失是個謎，好像還沒有人能夠找到答案。

我寫《大話山海經》，非關學術，也無意替崑崙眾神翻案，只是小說。

這一系列小說用的是比較少見的方式，不屬於《哈利波特》、《三劍客》的大河連續式，也不屬於「福爾摩斯」、「楚留香」的單元連續式。

我用的是類似巴爾札克的《人間喜劇》式。

整套小說分成七冊，每一冊都是獨立的故事，主角、配角都不一樣，但他們都會在各冊之中穿梭來去，沒有「領銜主演」、「客串演出」之分。A是第一冊的主角，在第二、三、四冊裡可能變成了配角；一、二、三、四冊中無足輕重的小配角，讀者卻赫然發現他是第五冊的主角，如此或更像眞實人生，小配角終有一天會成爲大主角。

我希望讀者不要被出版的先後次序所迷惑，因爲各個故事互不干犯，順著看是一種感受，跳著看或倒著看可能會是另外一種感受。

能讓大家獲得一些新的閱讀經驗，就算完成了我小小的心願。

主要角色簡介

花月夜　秀氣斯文的十六歲少年。貌似誠實、正經、討喜、俊俏，實則心思迂迴。擁有不為世人所知的身世經歷，以及終極目的。

薛家糖　出身長安城甜水街的二十二歲少年。長得白白淨淨，說話嗲聲嗲氣。性喜待在家裡跟母親學繡花、做衣裳。後輾轉拜師習武。

黎　翠　西王母在人間第三百零五代嫡傳弟子，百惡谷右大夫，負責看管、研究病毒。平日多偽裝成滿頭亂髮、皺紋扭曲如溝的醜怪婦人，總熬煮一鍋無名臭物。

黎　青　與妹妹黎翠同為西王母嫡傳弟子，是負責在外捉拿病毒的左大夫。擁淨世玉瓶，「飛針劫穴」奇準無比。嗜吃甜食，渾身肥肉團團。

西王母　崑崙山眾神之一，主管災癘瘟疫與五刑殘殺，並掌有神界考績大權。滿嘴豹齒，蓬鬆亂髮上戴滿長簪玉飾，還長了豹般長尾巴。嘯聲如萬鬼齊哭。

莫奈何　個性憨厚傻氣的小道士。鍾情於梅如是。曾與櫻桃妖等人征妖除魔。後陰錯陽差接連受封夏國、大遼、高麗、大宋四國國師，身擁大夏龍雀刀。

櫻桃妖

七千年道行。本相是身長六寸的小紅人兒，可以化為小丫頭、少婦與粗壯大娘三種人形。覬覦莫奈何童男元陽，一人一妖因朝夕相處而心生微妙情感。

項宗羽

本名項財旺，乃項羽後代。外貌溫文，實是打遍天下無敵手的「劍王之王」，手持湛盧劍。項家莊慘遭滅門後，以追殺惡賊為畢生職志。

梅如是

當今世上唯一女性鑄劍師。外表柔美，性情堅韌。自小與表哥顧寒袖訂有婚約。對兵器瞭如指掌，被視為莫邪再世。並為軍器監的劍作大將。身擁驚駕寶劍。

顧寒袖

熟讀四書五經的著名才子，去年進京赴試意外落第。曾出賣靈魂給惡魔，經崑崙之丘一役才重回人類氣息形貌。

俞餤至

白冠白袍白履，臉龐像是白玉琢磨出來的。號稱「第五公子」。廣結天下豪傑，門下食客三千。實有教人駭異的形貌，以及獨霸天下的野心。

鬧天鷹

橫行中原、殺人如麻的「中原五兇」之首。鷹目勾鼻、身材瘦削。輕功是拿手絕活，擁獨門武器碎雲神鞭。一心想當上狀元。

曹宗壽

「歸義軍」首領，野心勃勃，最大願望是獨霸河西走廊。

汪摳門
蔣摳針
彭摳蚊

長安城名列前茅的富戶，見錢眼開，卻又吝嗇成性。

花月夜的身體飛上去沒多久，果然就往下掉，
但他掉下來的姿態很不尋常，宛如一隻大雁展翼滑翔，盤旋出一道美妙的弧線……

「京兆府」在七月裡忽然變成了人間天堂！

對於許多人來說，「京兆府」是個陌生的名詞，本地人尤其不爽，他們還是驕傲的稱自己的家鄉爲「長安」。

所以好吧，「長安」在七月裡忽然變成了人間天堂！

怎麼說呢？

長安有十八個身家百萬以上的富戶，排名第十一的就是東門大橫街上的汪摳門。

他的本名當然不叫摳門，大家給他取這個外號的意思是，他若看見廟門上塗有金粉，都要想辦法把金粉摳下來，可見他見錢眼開的程度。

然而，就在今年的七月十五，他忽然做出令全城人的牙齒掉了滿地的舉動。

大富豪發善心

這天一大早，汪宅的大門打開了，幾百個僕人抬出幾百個大鍋子，裡面裝滿了各色佳餚，只要有人路過，便親切的招呼他們來用餐。

起初，大家都不太相信這個連廟門都要摳的傢伙會安著什麼好心，遠遠的避了開去，只有幾個遊民當不得饑火中燒，不管三七二十一的賈勇上前。

僕人們招呼得更來勁了：「這兒有夾面子茸割肉，請嘗嘗……這兒有肉醋托胎襯腸沙魚，好吃得緊……這兒有蓮花鴨，新鮮的咧……」

遊民吃一口，讚一聲，愈吃愈快、愈吃愈多，最後連讚都不說了，只聽得唏哩呼嚕的狼吞虎嚥之聲。

好不容易吃飽了，僕人們又送上一個沉甸甸的小包。

「這是什麼？」

遊民納悶著打開一看，裡面竟裝著一錠五兩重的小元寶。

「這……這……」遊民們都結巴了，說不出一句完整的話。

「這是汪老爺送給你們的啊。」

吃完了，還送銀子？而且——五兩銀子咧！

這可是一個普通家庭四個月的生活費！

遊民們傻啦！
汪摳門是怎麼啦？
他們還未回神，一般的老百姓可都湧了過來。
有得吃又有得拿，誰不爭先？
而且一傳十，十傳百，長安城的一半居民都跑來了。
每個人的待遇都一樣，直鬧到日頭西斜，吃掉了一千多鍋飯菜，這場盛宴才告結束。
有那多事的替汪摳門算總帳，一整天下來，他最起碼花費了五十三萬兩銀子！
居民們群聚竊竊：「他失心瘋了嗎？難道是家有喜事？莫非中元節鬼門開，鬼把他迷了？」
大家一直討論到半夜，一致的結論是：如此好運，這輩子再也碰不到了。
不料，才隔三天，七月十八，排名第五的富豪蔣摳針又做出了同樣的舉動。
他的本名當然不叫摳針，大家給他取這個外號的意思是，他若看見縫衣服的針尖上黏著金絲屑，都要想辦法摳下來，可見他吝嗇成性的程度。
他擺起的陣仗比汪摳門還大，除了飯菜更好，還有無限量供應的美酒，還發給每人八兩銀子！
這回，幾乎長安城全城的居民都來了，上一次不相信、沒趕上、有事在外的百姓，這回全都恍若餓鬼，擠破了蔣家大門。

傍晚過後，大家又聚在一起幫蔣家算帳，他大約花了一百七十五萬兩。

眾人歡欣之餘，又猜測著：「不是我們貪心，不過既然有了兩次，難保不會有第三次。」

果然還有第三次！

又過兩天，七月二十，排名第一的富豪彭摳蚊居然也發善心了。

他的本名當然不叫摳蚊，大家給他取這個外號的意思是，他若看到蚊子的腳上沾有家中神壇的金粉，都要想辦法摳下來，可見他見錢眼開並且吝嗇成性的程度。

他的宴席當然更為豐盛，而且發給每人十兩銀子。

再算算總帳，他大概花了兩百三十萬兩。

長安的居民都賺翻了，可以一整年不工作啦！

「城內還有十五個百萬富豪呢。」大家的心都變大了。「如果每個人都照樣來一次，我們就可以退休養老、環遊世界去了。」

富豪的苦頭與甜頭

七月二十一日晚上，彭摳蚊作東，把蔣摳針、汪摳門都請到了「祥福大酒樓」。

熟知內情的人必定驚怪不已，因爲這些富豪們互相看不起，從來就不交際應酬。

汪摳門一坐下就淚眼汪汪：「我眞是鬼迷了心竅，一天就花了五十三萬兩，都快要耗掉我一半的家產了。」

「這算什麼？」彭摳蚊冷板著臉，硬撐門面：「我花了兩百三十萬六千五百零五兩七百一十四錢，對我來說不過九牛一毛。」

蔣摳針重嘆了口氣道：「彭大哥，您怎麼這麼說呢？就我而言，只要多花二十錢，我都會心痛半日！」

一句話還沒說完，彭摳蚊就崩潰決堤了，趴在桌子上號啕痛哭，猛搥桌面：「我到底是怎麼搞的？我爲什麼會做出這種荒唐事？」虎地站起身子，嚷嚷著：「我要去自殺！我一定要去自殺！嗚嗚嗚……」

其餘兩人忙把他勸住。

汪摳門道：「要自殺，也得把這頓飯吃完再說，否則豈不浪費了？」

蔣摳針道：「不不不，還要先把剩菜帶回家才行。」

彭摳蚊好不容易止住哭泣，誠懇的說：「我請二位來，就是想問問你們，你們到底是怎樣著的魔？」

汪摳門、蔣摳針都苦著臉。「我們要是知道就好了。」

彭摳蚊道：「凡事必有因，我們一定遭遇到同樣的事情，才會變得如此。」

汪摳門回憶著：「這幾天其實沒什麼特別，過得都很平常，只是……」他的雙眼猛地一直。「哦，我想起來了，前幾天來了個年輕人，說要見我，我當然沒空理他，但他叫僕人送進來了一樣東西……」

彭摳蚊、蔣摳針齊問：「什麼東西？」

「我一看，那是一塊比拳頭還大的紅寶石。」

蔣摳針忙打岔：「等等，那人說是從『乾陵』裡取出來的，對不對？」

「沒錯！」汪摳門不解。「你怎麼知道？」

「他也來過我家。」蔣摳針跌足。

「他也來過我家。」彭摳蚊敲頭。

「好咧！」汪摳門興奮的一拍手。「我們已經把攪鬼的原兇抓出來了！」

「可我們還不知道他是怎樣攪的鬼，還不能報官捉拿他。」蔣摳針喪氣。「你再繼續說下去。」

「我信得過我的眼睛，那塊紅寶石絕對是稀世奇珍，他又說是從乾陵弄出來的，我當然不能不心動。」

彭摳蚊點頭同意：「乾陵是武則天跟唐高宗合葬的陵寢，武則天下葬時是唐朝國力最鼎盛的時期，史書記載，武則天把天下財富之半都搬進了陵寢之中，因此，天哪！那裡面藏著多少寶貝！」

「而且，乾陵從未被盜過。」蔣摳針找補著說。

汪摳門道：「所以我一聽說那人能夠進入乾陵取寶，當然就叫僕人把他請入大廳。」

彭、蔣二人齊道：「我也是如此。」

汪摳門續道：「在我走入大廳之前，一直猜想他應該是個粗壯驃悍的盜墓賊，不料進去一看，他竟長得白白淨淨、秀氣斯文，大約只有十七、八歲。」

彭摳蚊搶道：「他的名字叫作花月夜，對不對？」

「沒錯。」汪摳門懊惱。「花月夜！我那時就應該警覺，這麼邪門的名字，定非好人。」

「可那小伙子一臉誠實、正經、討喜、俊俏的模樣，很難讓人起疑。」蔣摳針嘆氣不絕。

「他跟你說了些什麼？」彭摳蚊追問。

「當然先說了幾句客套話，還沒進入正題，他就開始吃起自己帶來的糖。」

「吃糖？」蔣、彭二人大驚。「什麼糖？」

「他說那是甘薯乳糖，很好吃的。」

「你吃了嗎？」彭、蔣面無人色。

「我對甜食沒什麼興趣，本來不想吃的，但見他吃得津津有味，就忍不住吃了兩塊。」

事實上是，汪摳門對於不用花錢的東西，一向來者不拒。

「唉咦！」蔣、彭二人從喉管裡發出胃食道逆流的聲音。「現在看來，可能就是那糖有問題。」

「你們也吃了？」

「吃了。」

蔣、彭二人的毛病當然跟汪摳門一樣。

「吃完之後，他就開始說些人生在世，應該熱心助人之類的陳腔濫調？」

「沒錯。」

彭摳蚊搶著說：「我當然聽不進這種屁話，立馬把他轟了出去，那塊紅寶石也沒能留下。可，到了半夜，我不知怎地就是睡不著，翻來覆去的盡想些怪念頭……」

蔣摳針嗐道：「如何幫助別人的念頭？」

「沒錯。」汪摳門又接了過去。「我滿腦子都是開倉放糧、賑濟災民之類的想頭，最後實在忍不住了，就把全家人都叫起來，準備飯菜、準備紅包，一直忙到天亮……」

蔣摳針哭著說：「一大早，大門一開，我看著成千上萬的百姓湧來吃喝、拿錢，心裡有著說不出的……說不出的快樂！」

汪摳門用額頭猛撞桌面，沙啞大叫：「就只快樂了那一天！」

蔣摳針挖著胸口號啕：「卻要痛苦一輩子！」

彭摳蚊又搖搖晃晃的站起身子：「我要去自殺！我活不下去了我！」

「彭兄且慢，現在事實已然明朗，都是那甘薯乳糖做的怪。」

「都是那可惡的花月夜！」

三人又悲泣了好一陣子，酒樓的小二開始上菜，一碟鹽漬花生、一碟涼拌小黃瓜、一碟四季豆。

蔣摳針、汪摳門楞怔怔的看著這三碟小菜，十分不滿。

今晚作東的彭摳蚊瞪起一雙惡眼：「怎麼，一人一盤菜，我還不夠慷慨嗎？」

甜水街上甜死人

長安城西有條「甜水街」，全都是賣甜食的店家，其中賣甘薯乳糖的只有一間，名為「薛記」。

薛記的營業額在這條街上若非倒數第一就是倒數第二，店主薛爸爸、薛媽媽並不在意這些，他們最憂心的是他們那個二十出頭的寶貝兒子薛家糖。

不知是名字取錯了還是怎麼著，這薛家糖從小就像個娘兒們，長得白白嫩嫩，講話嗲聲嗲氣，舉止忸忸怩怩，不愛往外跑，成天坐在家裡跟母親學繡花、做衣裳，或把母親的胭脂往臉上抹，戴著母親的首飾照鏡子。

長大後，他幫著店裡照顧生意，客人上門，他便纏著不放：「叔叔，這個好吃！小姐姐，這個最甜！小哥哥，我請你吃一口這個！」

一開始，這種熱情的招待讓客人覺得挺貼心，但日子久了，實在有些膩味，尤其客人如果不買，他就嘟著嘴、跺著腳，放聲大哭：「怎麼這樣啦？我們家的東西都很好吃嘛，你為什麼不買嘛！人家不要你走嘛！」

弄得大家都覺得自己好像是個沒良心的負心漢，當然愈來愈不想上門。

薛爸爸、薛媽媽不怕生意不好，只煩惱薛家糖將來能不能結婚生子、延續薛氏一門的香火。

薛記的對面是一間天竺人開的店，招牌商品是拔絲香蕉。

時當「宋眞宗大中祥符二年」，中原還不出產香蕉，貨源都是從天竺來的。

薛家糖不愛吃自己家裡的甜食，最愛吃對面的拔絲香蕉，這也是薛爸爸、薛媽媽最煩惱的事情之一，因為那些外貌看起來就像拐子的天竺人，總是想把他騙到店後去，不知想要幹什麼齷齪的勾當？

這日，薛家糖又跑過去了，薛媽媽正想跟，卻見一名渾身肥肉團團、胖得出奇的胖妞兒也走了進去，她便稍稍放下了心——胖妞兒是這條街上的熟客，可不好惹，天竺人在她面前就像一群天竺鼠。

胖妞兒坐在薛家糖旁邊，一口氣就要了十五盤拔絲香蕉。

薛家糖笑道：「黎姐姐，妳每次一吃都是十幾盤，好厲害哦！」

胖妞兒冷哼一聲，理都不理。她名叫黎青，從不跟任何人打交道，沒人曉得她的來歷。

薛家糖又小聲道：「黎姐姐，這種東西妳應該少吃一點，很容易發胖的。」

黎青冷哼：「我自胖我的，又沒胖在你身上，要你囉唆個什麼勁兒？」

薛家糖委屈的把嘴一嘟：「黎姐姐，對不起嘛，人家只是關心妳嘛。」

黎青冷哼：「你最好少跟我說話，弄得我雞皮疙瘩掉了滿地。」

薛家糖的嘴又一扁，就想哭。

黎青冷哼：「你若敢在我面前哭哭啼啼的，我就……」瞪著他那副梨花含雨、我見猶憐的模樣，狠話竟說不出口。「我就走了！」

薛家糖飲泣：「黎姐姐，人家不敢了嘛……」

黎青很想翻臉，還好薛媽媽把他叫了回去。

原來，有個大主顧上門了。

來人是長安首富彭摳蚊的大管家胡定一：「我要一盒甘薯乳糖。」

「好好好。」薛爸爸陪著笑臉等待下文，胡定一惡著聲氣說：「還杵在那兒幹什麼？快拿來呀。」

他只要一盒乳糖？可眞是大失所望。

薛爸爸包好了糖。

下一個命令卻是：「走，幫我提回家去。」

一盒糖還要專人送達？好大的派頭。

薛爸爸暗忖：「唉，看在他家是首富的分上。也許下一筆生意會多一些。」便即出聲吩咐：「家糖，你就跑一趟吧。」

「讓兒子多點歷練，總不會是件壞事。」薛爸爸如此想著，萬沒料到這一個指派，竟徹底改變了兒子的一生。

倒楣的薛家糖

薛家糖跟著胡定一來到彭摳蚊家中。

乖乖，好大一座宅院！

行過不知多少小橋、迴廊、花圃，拐了七、八十個彎，才終於來到花廳前。

胡定一叫薛家糖在外等待，自己提著那盒糖進去了。

彭摳蚊、蔣摳針、汪摳門都在廳中等待，一見那甘薯乳糖的包裝紙，就齊聲大叫：「沒錯，就是這種糖！」

汪摳門恨恨道：「把這什麼薛記的人統統打殺了！」

蔣摳針較爲深思熟慮：「先將整件事情的來龍去脈搞清楚了再說。」

薛家糖被叫入廳內，忸忸怩怩的挨靠在門邊。

彭、蔣、汪三人本來預料薛記的人應該是個奸狡油滑之徒，不料居然是這麼個娘娘腔。

「上前來！」彭摳蚊命令。

薛家糖走路的姿態可眞讓人受不了，比勾欄院中最妖嬈的旦角還要柔軟嬌羞，那腰肢款擺得渾若細雨裡的荷梗、微風中的柳條。

蔣摳針悄聲邪笑：「我還眞想把他拉到後面去，嘻嘻……」

彭摳蚊擺出一副嚴厲的臉孔：「你們家的糖爲什麼這麼蹊蹺？」

薛家糖楞住了，不知該如何回答，又從未碰過這麼兇惡的顧客，一張白嫩的小臉蛋兒漲得通紅。

蔣摳針又悄聲邪笑：「唉喲，我眞受不了，眞想把他，嘻嘻……」

汪摳門恨恨道：「還跟他廢話什麼，就打殺了唄！」

薛家糖嚇了一大跳，賣糖還會賣到被「打殺」？這到底是怎麼回事？頓即大哭起來。

「我家……我家的糖一向沒出過什麼問題啊！大爺，您是買到了過期貨還是？」

彭摳蚊厲聲道：「你們這甘薯乳糖裡面攙了什麼害人的東西？」

「沒……沒有啊！大爺您是拉肚子，還是……嗚嗚嗚！您不要這麼兇嘛，人家好怕……」

「我再問你，你們認不認識一個名叫花月夜的賊子？」

「花月夜？是個名字嗎？人家不認識這個人……」

彭、蔣、汪三人見他這模樣，實在不像是個會害人的，便緩和了許多。

「現在怎麼辦？把他送官拷問？」

「沒有證據，送官也沒用。」

三人商議半天，有了主意。「胡定一，你過來。」

大管家胡定一巴結的走到主人身邊：「老爺，什麼事？」

「你把這糖吃兩塊。」

胡定一依言照辦。

「好，坐下來。」

三個富豪一直盯著他，弄得他好不惶恐：「老爺，您們不要一直盯著我呀。」

「我問你，現在如果有個窮人站在你面前，你會不會想要幫助他？」

「不會啊，老爺，」胡定一猛搖頭。「我給他娘的一腳！」

「那再等等。」

薛家糖哪知他們在搞些什麼名堂？呆站半日，肚子裡不停的發出咕嘟聲響，便鼓起勇氣，小心翼翼的囁嚅道：「人家……可以回去了嗎？」

「不行！」

「可是……好餓哦……」

「給他個饃饃。」

薛家糖一邊抽噎，一邊小口小口的啃著饃饃。

眞是這輩子最難過的一天。

這番折騰，一直持續到晚上，胡定一還是一口咬定「給他娘的一腳」，證明了這一盒甘薯乳糖毫無作用。

「應該是花月夜自己在其中添加了什麼東西，跟薛記無關。」彭摳蚊說。

「現在怎麼辦？難道要把那甜美多汁的小傢伙放走？」蔣摳針不捨。

「不管了。」汪摳門恨恨道。「還是要把他狠狠的拷問一番！」

俠盜花月夜

庭院中立起了一根木柱，胡定一把薛家糖綁在上面。

「人家又沒怎麼樣？」薛家糖大哭。「你們爲什麼要這樣？」

蔣摳針嘻嘻笑著走到他面前，捏了捏他的臉蛋：「把他的褲子脫了。」

胡定一大步上前就扯薛家糖的褲腰帶，弄得他雞貓子嚷嚷：「你們要幹什麼？羞死人了……」

蔣摳針繞到他身後，催促著：「快快快，讓我看看他的……」

暗夜裡，突地傳來一聲冷笑：「你想要看什麼？」

這語聲雖不詭異凜厲，卻讓人心底直起寒戰。

彭摳蚊喝道：「什麼人如此放肆？」

月暈花影之中，緩緩走來一個人，年紀大約只有十七、八歲，長得白淨秀氣，跟薛家糖一般俊俏，但多了一股英氣與殺氣。

「花月夜！」彭摳蚊、蔣摳針、汪摳門一起大吼。「你居然還敢現身？」

薛家糖的記性挺不錯，一眼就認出他來：「咦，我見過你，你來我家買過糖。」

「沒錯，我還在你們的甘薯乳糖裡加了料，讓他們三個心甘情願的當了一天大善人。」

幾句話的時間，花月夜倏忽已走到蔣摳針面前，冷笑著說：「你想脫他的褲子？」

蔣摳針覺得邪門，才想後退，自己的褲子已掉了下來。

花月夜兀自一把抓住他肩膀，讓他轉了個身：「我倒想看看你的屁股。」

一腳踹在他光溜溜的屁股上，讓他向前飛撲出去，跌斷了三顆門牙。

薛家糖嚇得緊閉雙眼：「花哥哥，不要這樣……你太兇了……」

彭摳蚊嘶聲大叫：「護院何在？」

像他這等大富豪，請來的護院武師當然屬於武林中的最高層級，領頭的是崆峒派「四大金剛」之中的「火眼犀牛」馮淵與「無翼飛馬」賀蒙。

他倆率領著十多名壯漢飛奔過來，一邊喳呼著：「誰誰誰？誰敢來打劫？」

薛家糖發抖道：「花哥哥，你打不過那麼多人，你快走，快走……」

花月夜笑道：「我讓你們薛記揹了黑鍋，怎能撒手不管？」

馮淵、賀蒙見他只是個鮮奶油也似的小後生，哪會把他放在眼裡，兩人一起扠開五指，就朝他頭上抓下。

瞧花月夜的模樣，應該是以靈活小巧的功夫取勝，但他偏不走這路數，也扠開雙手十指，迎了上去。

「啪啪」兩響，四隻手掌握了個結實。

馮淵、賀蒙又聽到一連串「咔咔咔」的聲音，他倆狐疑了一口茶的時間，才發現那竟是自己的手掌骨斷裂的聲音。

花月夜柔膩軟滑如同女人的手掌，居然比隕石還要堅硬！

其餘的武師趕緊拔出兵刃，一起攻上。

花月夜將身一縱，躍起在半空中。

照理說，這是最笨的對應方式，敵方人馬手持尖刀站在地下等待，身在半空中的人當然空門盡露，除非你能像鳥兒一樣飛走，否則遲早會往下落，正好掉在如林聳立的刀尖之上。

花月夜的身體飛上去沒多久，果然就往下掉，但他掉下來的姿態很不尋常，宛如一隻大雁展翼滑翔，盤旋出一道美妙的弧線，從那些武師頭上掠過，有若老師收走學生的作業本，將他們手裡的兵刃統統都收得精光。

花月夜將滿把兵刃丟在彭、蔣、汪三人腳前，嚇得他們磕頭不迭。「好漢……饒命……」

「有種的只管來找我，別牽連無辜。」

花月夜解開薛家糖的綑縛，牽著他的手，走出彭家大院。

別叫我哥哥！

薛家糖這會兒可歡喜了，緊緊的依偎著花月夜的身體：「花哥哥，你好厲害哦！」

花月夜輕咳一聲，把他推開了點：「很抱歉，讓你受苦了。只是你家的甘薯乳糖最適合添加我的藥材，兩者配合得天衣無縫。」

「你到底攙了什麼東西進去？」

「這是我的祕密。」花月夜還不想露餡兒。

「城裡的人都說，另外那十五個百萬富豪過幾天也會放飯、發錢。」薛家糖追問。「你也要去騙他們吃糖嗎？」

「這倒不一定，並不是所有的富豪都為富不仁。彭搵蚊他們三個是一級不仁，還有幾個二級不仁，這些不仁的才是我下手的對象。」

「哈哈，一級不仁、二級不仁。」薛家糖笑得花枝亂顫。「花哥哥，你說得好好玩哦。」

花月夜實在受不了：「欸，你別再叫我哥哥了，聽起來有點……咳咳，你今年幾歲？」

「二十二。」

「你比我大得多，我只有十六歲。」

薛家糖驚得嘴巴闔不攏：「那你的本領為什麼這麼高強？」

「算我運氣好。」花月夜冷然一笑，其中竟彷彿隱藏著一些淒涼。「好了，你快回家去，你爹娘一定急瘋了。」

薛家糖回到家，薛爸爸、薛媽媽果然正急得團團轉，見他回來，都搶著問道：「你沒怎麼樣吧？」「那個彭摳蚊沒有乘機……咳咳，吧？」「他沒有把你叫到房裡……咳咳，吧？」

薛家糖當然什麼都不敢說：「挺好的，挺好的，人家還請我吃了一頓飯呢。」

拒絕長大的小孩

薛家糖回房就寢，躺在床上翻來覆去的睡不著，滿腦子都是花月夜的身影。

他從小就是同伴們嘲弄、欺凌的對象，偶爾想要反擊，卻被侮辱得更慘。他退縮、再退縮，最後竟退化成了一個長不大的小孩。

「不要長大」成爲最安全的巢穴、最舒適的眠床。

但是今晚，花月夜的行爲在他腦中開了一扇窗，他怯生生的探出頭去，看見了另外一個世界。

花哥哥，不，花弟弟只有十六歲，我也想跟他一樣！

懷著如此興奮的心情，薛家糖抱著枕頭沉沉睡去。

滿城捉拿黃金頭

翌日一早跟著父母一起出門，走向甜水街。

大街上很不平靜，東一群人、西一撮人，聚在一起議論紛紛。

薛家糖發現原來是沿街的牆上張貼著許多布告，靠過去一看，竟是彭摳蚊等人懸賞捉拿花月夜的告示，上面還繪有他的相貌圖形。

「五萬兩銀子咧！這花月夜是何許人啊？抓住他可就發啦！」

來至店內，開了門準備做生意，上門的第一個顧客居然就是花月夜。

薛家糖忙把他拖到一邊：「花……弟弟，你還不快躲起來，他們懸賞捉拿你呢！」

「我怕他們什麼？」花月夜笑道。「我是怕他們又來找你們的麻煩，所以特地來當你們的保鏢。」

薛家糖感動得哭了，他人眞好！

薛爸爸、薛媽媽不知底細，眼見花月夜坐在店內不走，又跟薛家糖有說有笑，當然止不住滿心憂慮。

「那小子黏著我們家糖做什麼？別是他倆……」薛爸爸嘆氣。

「那小子也長得像個娘兒們，別是他倆……」薛媽媽跺腳。

過沒多久，名叫黎青的胖妞兒又走到對面去吃拔絲香蕉了。

「那家店的店員都長得怪怪的。」花月夜好奇。「他們賣的是什麼？」

「天竺人特產的甜品。」

「走，我們也去吃吃看。」

黎青又叫了十五盤香蕉，吃得咂巴咂巴，舌頭跟嘴唇都黏到一起去了。

薛家糖笑道：「黎姐姐，妳眞好胃口，每天都來報到。」

黎青冷哼：「我的胃又沒有長在你的肚子裡，你管這麼多幹嘛？」

薛家糖噘嘴：「人家只是想稱讚妳一下嘛。」

黎青冷哼：「你不要一直說『人家』，可不可以？」

薛家糖委屈：「好嘛，人家不說了嘛。」

花月夜笑道：「姑娘的脾氣可眞大。」

黎青冷哼：「我沒找你麻煩就不錯了，你還在那兒廢話什麼？」

花月夜一瞪眼：「姑娘此言何意？」

「你頭上懸著五萬兩賞金，想把它拿下來的人，現在恐怕已經在外面排隊了。」黎青冷哼。「他們爲什麼要懸賞抓你？」

薛家糖畢竟嘴碎，悄悄把花月夜的事跡說了一遍，又找補著說：「人家花弟弟好厲害的咧！」

黎青冷哼：「他只不過就是讀過《山海經》而已，有什麼了不起？」

薛家糖怪道：「《山海經》跟這事兒有什麼關係？」

黎青道：「《山海經》可謂有史以來第一怪書，內容多半來自於遠古之人的口頭傳說，包括了許多遠古時代的神話與各種怪獸、怪鳥、怪植物，又包括了巫術、宗教、歷史、地理、礦物、醫藥、各地風俗、各國風情與各民族的起源等等，其中最完備的就是對於崑崙山眾神的描述……」

薛家糖失笑：「什麼崑崙山眾神啊？都是騙人的。」

黎青狠瞪他一眼：「你說這話，將來一定會後悔。」

花月夜笑道：「妳還沒說《山海經》跟我有什麼關連？」

黎青冷哼：「《山海經》的〈中山經〉裡有記載：『兔床之山，其草多雞穀，其本如雞卵，其味酸甘，食者利於人。』也就是說兔床之山出產一種雞穀草，它的根莖長得像雞蛋，味道酸酸甜甜的，吃了之後就會熱心助人。」

花月夜故意學她的腔調，冷哼道：「原來妳讀的書還眞不少。」

一剎那間，黎青胖胖圓圓的臉上竟露出了些許少女嬌憨的神情，恍似很想搥他一下或捏他一把，但她終於忍住，又冷哼了一聲。

薛家糖恍然大悟：「花弟弟在我家的甘薯乳糖裡添加了雞穀草根，所以他們一吃就大發善心。但是爲什麼現在又不高興了呢？」

「那草根的效力大概只能維持一天。」花月夜笑得燦爛。「所以他們現在心痛得要命。」

忽聞店外一人冷冷道：「他們只是心痛，你可馬上就要頭痛了。」

空中大戰

花月夜迴目望去，一個鷹目勾鼻、身材瘦削的褐衣漢子站在門外，人還離得老遠，殺氣已湧入店內。

黎青冷哼：「鬧天鷹，你也受不了五萬兩銀子的誘惑？」

原來此人竟是這幾年橫行中原、殺人如麻的「中原五兇」之首。

花月夜的江湖閱歷顯然不足，輕鬆的笑問著：「黎姑娘，這個人很厲害嗎？」

黎青冷哼：「中原五兇都是些殺人不眨眼的惡徒，不過今年開始走衰運，老二『破城虎』死在崑崙山，老四『翻山豹』死在鄭州，老五『出林狼』死在洛陽……」

門外的鬧天鷹忍不住怒喝：「賤婢，住嘴！」

黎青冷哼：「我賤我的，干你什麼事？」

鬧天鷹沉聲道：「我只想抓那花月夜，不相干的人最好別插手。」

黎青冷哼：「我愛插不插，那可是我的事，要你囉唆什麼？」

鬧天鷹臉色一沉，就待動手。

花月夜笑道：「黎姑娘，打發這種小人，用不著妳幫忙。」

話沒說完，一條長長的黑影便抽了進來，正是鬧天鷹的獨門武器——碎雲神鞭。

這鞭足有一丈二尺長，鞭梢帶有倒刺，若著它捲上，皮肉必定撕裂成屑，端的是歹毒異常。

花月夜全不知厲害，左手探出，竟朝鞭梢抓了過去。

黎青心中一驚，已來不及出聲警告，驀見花月夜的手裡突然多了個鋼抓，五支利爪一闔，恰好把鞭梢抓在掌中。

鬧天鷹匆忙往回抽鞭，花月夜左手鬆開，順勢一推，那鋼抓就隨著鞭梢飛了過去，同時右手又一緊，鋼抓竟蹦了起來，抓向鬧天鷹頭顱。

原來鋼抓之後還連著軟索，可以操控自如。花月夜左手持抓，右手控制軟索尾端，才是眞正樞紐所在。

黎青冷哼：「你這飛抓使得不錯。」

軟索飛抓算是一種奇門兵刃，武林之中能夠使用它的人寥寥無幾。

鬧天鷹大出意外，差點被飛抓抓破腦袋，不由得暴怒如狂：「黃口豎子，今日須留你不得！」

花月夜縱身出到店外，笑道：「你要有本領才行啊。」

鬧天鷹甩動手腕，長鞭化爲無數條黑影，無所不在的席捲而來；花月夜也抖動手腕，飛抓變成了漫天蓋地的佛手魔掌，似要抓透每個人的心。

兩件軟式兵刃愈打愈快、愈抽愈猛，兩人也各自展開輕功，使他們的兵刃得以發揮最大的威力。

鬧天鷹能得到這外號，輕功自然是他的拿手絕活，不料花月夜的輕功一點都不比他差，兩人如鷹飄搖、似雁翺翔，在空中旋轉出許許多多怪異的曲線。

薛家糖簡直看呆了，興奮的抓住黎青的胳膊直勁搖：「花弟弟好厲害哦！他好厲害哦！」

黎青冷哼：「你再碰我一下，就會知道什麼才叫作厲害。」

薛家糖扁嘴：「對不起嘛……」

轉瞬百招已過，花月夜開始顯得力乏，再也飛躍不起來，只能站在地面上勉強招架。

薛家糖雖是外行，也看得出花月夜陷入了險境，便又抓住黎青的胳膊猛揉：「花弟弟不行了啦，黎姐姐，妳能不能幫他？」

黎青冷哼：「他剛才不是說不用我幫忙？我才不想管。」

薛家糖都快哭出來了：「妳幫幫他嘛，求求妳，妳快去幫他嘛……」

黎青受不了他的糾纏，正想掉頭走離，只聽花月夜發出一聲悶哼，回頭一看，花月夜被鬧天鷹的長鞭抽中左臂，頓時皮開肉綻、鮮血淋漓，她便止住了步伐。

鬧天鷹嘿然冷笑，愈發搶攻。

花月夜的傷並不在要害部位，他竟露出了頭重腳輕、搖搖欲墜的樣態，在對手強猛的攻勢下，險象環生。

黎青冷哼：「鬧天鷹，你恁地下作，鞭上還塗有劇毒？」

鬧天鷹抽空瞪了她一眼：「賤婢，滾遠點！」手下不停，已將花月夜逼入死角。

黎青見花月夜腳步踉蹌，左臂傷口流出來的血竟呈黑色黏稠之狀，忍不住又道：「鬧天鷹，他中毒必死，你還要趕盡殺絕嗎？」

鬧天鷹怒喝：「妳眞多事！」手腕一抖，就是一鞭抽來。

「鬧天鷹，我本不想淌這渾水，是你自己找死！」

黎青的身軀圓滾滾，幾乎看不見腰肢與脖子，然而她一旦動作起來可靈活得很，像個大肉球似的蹦起老高，右手一揚，兩道細細的金光逕奔鬧天鷹雙眼。

換作普通的武林人物，大概沒人會在意這兩條幾乎看不見的金光，但鬧天鷹久走江湖，心知愈細巧的東西愈歹毒狠辣，忙不迭將身一偏，險險避過，這才看清楚黎青射過來的東西是兩根金針。

鬧天鷹暗裡皺眉：「這是什麼獨門兵刃，聽都沒聽說過。」

黎青手腕一轉，兩支金針就飛了回去，原來針尾帶有細線，可以收發自如。

鬧天鷹喝問：「妳究竟是何門派？」

黎青冷哼：「干你屁事？」再一抖手，又是兩針射向鬧天鷹胸前「中度」、「神分」兩大穴道。

她的飛針手法既快又狠，而且認穴奇準，弄得鬧天鷹暗暗叫苦：「沒想到這團肥肉竟是當世罕見的高手！」

長鞭這種武器的缺點是只能攻擊，無法防守。鬧天鷹面臨現在這種窘境，只得以攻爲守，盡量進逼，讓對方沒有出手的機會。

然而黎青肥胖的軀體比花月夜更快捷、更輕靈，鬧天鷹一連幾十鞭，連她的汗毛都挨不著半根。

趁著他不得不換氣緩手的空檔，黎青冷哼：「見縫插針。」起手一針突破鞭影，直射對方咽喉。

鬧天鷹剛剛狼狽躲過，又聽黎青冷哼：「針鋒相對。」雙手齊揚，這回可是七支金針一起射出。

雖然同時出手，七根針卻有先有後、有快有慢，在她十隻胖胖的手指頭靈活的操縱之下，來回穿梭，渾若刺繡。

鬧天鷹躲都來不及，長鞭更無法還擊。

黎青又一聲冷哼：「一針見血！」嘴裡吐出第八根針，正中鬧天鷹持鞭手腕的「會宗」穴。

鬧天鷹但覺半身痠麻，長鞭脫手落地。他衡情度勢，再也硬撐不下去，只得將身一縱，落荒而逃。

誰要抱他？

薛家糖喜得又跳又拍手：「黎姐姐好棒好棒哦！」一眼看見花月夜倒在地下奄奄一息，又衝過去查看他的傷勢，他已昏迷過去，傷口流出來的血又黑又臭。

「黎姐姐，他中的毒很厲害耶！」薛家糖焦急大喊。

黎青踅過來，瞧了一眼，從懷中掏出一個小藥罐，挑了些藥搽在傷口上，血立刻就不流了。

薛家糖鬆了口氣：「黎姐姐，妳眞行。」

黎青冷哼：「你別高興得太早，這樣只能暫時止住傷口惡化。」

「暫時？」薛家糖一怔。「暫時是什麼意思？」

「暫時的意思就是——他沒救了！」

薛家糖驚得結結巴巴：「眞的嗎？那要怎麼辦？快請大夫……」

黎青冷哼：「長安城裡現在已經擠滿了要抓他的人，而且這種毒，尋常大夫根本無法可解、無藥可救。」

薛家糖跌足：「那要怎麼辦？」

「我怎麼知道？」黎青轉身就走。

「黎姐姐，妳不可以撒手不管！」薛家糖急忙攔下。

黎青大皺其眉：「究竟干我何事？」

薛家糖「咕咚」跪倒，哀求著說：「求求妳，妳一定要救活他……」

黎青冷哼：「喂，你跟他有什麼奇怪的關係？要你這樣死纏活賴的幫他？」

薛家糖哭成了淚人兒：「我只知道他是個好人……好人怎麼能夠死於非命……」

黎青無奈的想了想：「我也不會解毒，只有我妹妹有這本領。」

薛家糖一聽有希望，又興奮了：「那我們快去找黎妹妹呀！」

「她遠在千里之外。」黎青冷哼道。「這一路上，我要怎麼照顧他？扛上扛下，還要幫他把屎把尿、擦洗身體，我能做這種事情嗎？」

薛家糖楞住半天，終於硬起頭皮：「我……我能處理這些事……」

「小子，你說話可要算數。到時候你若做不到，我就把你們扔在半路上，不管了。」

薛家糖回家收拾了些簡單行李，並向父母辭別。薛爸爸、薛媽媽早被那場惡鬥驚呆了，半個字兒都說不出口。

出得門外，黎青已跟街上的車馬行買了輛太平車，自己充當車伕，駛了過來。

「把他扛上車子，我們上路了。」

薛家糖還有點力氣，把花月夜扛入車廂。這時的他，當然不曉得自己已經踏上一趟深入神話幻境的旅程。

餵小孩的方法

馬車出了長安，一路向西。

從來沒照顧過病人的薛家糖，沒過多久便開始後悔了，因爲驀然間，一股騷味瀰漫在車廂中，使得他搗鼻不迭：「嗯？這什麼味道？」

黎青在駕駛座上冷哼道：「笨蛋，你沒撒過尿嗎？」

薛家糖這才發現花月夜的褲襠溼了，大驚道：「唉咦！這要怎麼辦？」

「你說你能處理這些事兒，轉眼就忘了嗎？」

薛家糖不得已，只好把花月夜的褲子脫了。

花月夜雖然只有十六歲，那話兒可不小，而且舉凡生物到了生死存亡的關頭，都會激發出拚命繁殖的衝動，所以他那根肉棒子挺得像根鐵杵一般。

「唉喲喂呀，羞死人了！」薛家糖不敢看。「接下來又要怎麼辦？」

「用你多餘的衣服當尿布唄。」

薛家糖完全沒料到照顧一個病人竟會有這麼許多骯髒不堪的事兒，但承諾已經出口，只能把眼淚往肚裡吞。

前幾天，車行還算順暢，過了「岐山」之後，愈走愈荒涼。時序已進入八月，高原荒漠的氣候多變，白晝燥熱、悶得薛家糖呱呱叫；夜晚陰寒，冷得他面色發紫。

「還要走多久啊？妳妹妹爲什麼住得那麼遠嘛？」薛家糖不停抱怨。

黎青根本不理他。駕駛座旁擺放著一隻大布袋，她只顧從裡面取出一些東西放入嘴中大嚼。

「妳在吃什麼？」幾天下來只有硬麵餑餑可吃的薛家糖忍不住問道。

「有鳳梨酥、花生酥、芝麻脆餅、紅豆軟糖……」黎青冷哼。「你都不能吃，因爲吃了會發胖，我可不想害你。」

「妳是在哪裡買的？」

「出發的時候買的呀。」

「那妳為什麼不多買些食物？」薛家糖抗議。「我們都沒東西可吃。」

「硬麵餑餑最營養。」黎青泠冷的瞟了花月夜一眼。「他已經好多天沒進食了，你最好快餵他一些東西，否則神仙也救不了他了。」

薛家糖一楞：「他這般昏迷不醒，要怎麼餵？」

「就跟餵小孩子一樣，你先嚼碎了再餵。」

「唉咦，這不把我的口水也餵給他吃了？好噁心咧！」

「那你就別餵，讓他餓死算數。」

薛家糖躊躇半晌，無計可施，只得依言將餑餑嚼碎，吐於掌心，再橇開花月夜的嘴巴，用手指把食物碎屑塗在他的舌頭上。

花月夜唔吸兩聲，居然還有吞嚥的能力，把那一小團食物吃了下去。

黎青泠哼：「看樣子，他還滿喜歡吃你的口水哩。」

鬧得薛家糖臉紅脖子粗，低下頭去繼續餵食，心內想著：「等花弟弟醒過來，這事兒可絕對不能跟他說。」

姐妹倆

又行數日，馬車來到一座山谷的谷口之前，拉車的兩匹馬不知怎地都露出了驚懼的樣態，死也不肯再往前走一步。

薛家糖怪問：「牠們怎麼啦？」

「沒有活的生物敢往裡面走。」黎青冷哼道。「把花月夜扛下車，用走的進去。」

山谷之中並沒有參天巨木、如蔭樹叢，但陽光就是照不進來。

薛家糖肩上扛著花月夜走得氣喘吁吁，仍感到一股寒意直往骨髓裡鑽，又忍不住抱怨：「妳妹妹怎麼會住在這種地方嘛？人家走得快累死了！」

黎青一逕前行，走得薛家糖腰腿都快折斷了，好不容易爬上一個小山坡，來到一棟簡陋的木屋前。

「我妹妹就住在這裡，她叫黎翠。」

薛家糖心想：「黎翠？好美的名字！應該比整天冷冰冰的黎青姐姐好相處一些。」

待得走入屋裡，可把他嚇得汗毛倒豎、魂飛魄散。

這黎翠非但不美，簡直可說是恐怖可怕！

滿頭灰白相間的亂髮，根根堅硬，恍若鋼刷；臉上刻著幾十條痙攣扭曲的皺紋，最嚇人的是她那雙眼睛，眼白混濁，瞳孔倒像兩支寒光灼灼的鉤子，射出厭憎一切的光芒。

她正蹲坐在一支大陶鍋前面，鍋內煮著一些黃褐黏稠的東西，臭到不行，她還拿起一根大杓子攪拌著，然後舀起一杓，嚥了下去，臉上浮起一絲滿意的表情。

薛家糖都快吐了，心忖：「姐妹倆怎麼差得這麼多？還是黎青姐姐比較好一點。」

那黎翠吃完了大便一樣的東西，轉過頭來：「他們是誰？」

這一出聲，更讓薛家糖毛骨聳然。她的聲音渾若一把鋼鋸鋸著一塊生鏽的鐵片，難聽極了！

「來了兩個奶油小鮮肉。」黎青冷哼。「這一個傷得嚴重，看妳要不要救？」

黎翠不太情願，磨磨蹭蹭了老半天，才慢慢踱到花月夜面前，瞟了一眼：「救倒是能救。但這個人是何來路，卻讓妳把他帶回來？」

有一剎那，黎青一向冷漠的臉上竟閃過一絲羞惱之色，重咳了一聲道：「他劫富濟貧，頗有善行，又是被中原五兇的鬧天鷹所傷，所以我覺得……」

薛家糖一旁搶道：「他是個好人，但望黎姐姐能施展回春妙手，救他一命。」

黎翠用混濁兇厲的眼珠瞪了他一眼：「這個人又是誰？」

黎青冷哼道：「他呀，就是個沒事添忙的娘娘腔小子，我叫他在路上照顧病人，不妨事的，過兩天就把他打發了。」

「打發了？」薛家糖暗裡一怔。「她要把我打發了？怎麼個打發法？」

黎翠又猶豫片刻，才蹲下身子，仔細查看花月夜的傷勢。

黎青冷哼道：「小子，你先出去，有事叫你再進來。」

薛家糖才不想待在這恍如煉獄的屋子裡，如蒙大赦的逃到外面，坐在山坡邊的一塊大石頭上喘息，邊自嘀咕：「花弟弟已經有救了，我還是快點找個藉口離開這個鬼地方才是。」

驀聞一個氣息微弱、似斷似續的聲音在他耳邊呼喚著：「公子？公子？」

薛家糖這一嚇，又差點尿溼了褲襠：「什麼人？是誰在說話？不要這樣嚇人家嘛！」

「公子，我在這裡。」

薛家糖往下一看，小山坡下有灘泥淖，一名亂髮糾結的老頭兒陷在爛泥之中，只露出了一顆頭，相貌醜陋非常，臉皮潰爛見骨，宛若一顆活骷髏頭；兩隻眼睛一高一低，迷迷濛濛；兩個鼻孔一青一黃，盡流膿液；眉骨剩沒幾根毛，嘴裡剩沒幾顆牙，渾身散發潰瘍、爛瘡、臭泥巴的味道，十步之內就令人做嘔。

百惡谷

薛家糖顫抖著問道：「老……老丈，你在那兒幹嘛？」

「難道你以為我喜歡這樣？」老頭兒苦笑。「我是被逼的。」

「誰逼你？」

老頭兒朝木屋投出恐懼的眼神：「當然就是那兩個惡婆娘！」

薛家糖大驚：「她們……為什麼要這樣害你？」

老頭兒痛哭出聲：「我名叫梅度，已經被害了五十年啦！」

五十年？五十年來他都是過著這樣既臭又髒、殘缺不全、渾身流膿、生不如死的日子？

薛家糖不敢置信：「黎青姐姐雖然不太和氣，但應該不會是這麼壞的人才對。」

梅度苦笑：「你根本不知道她的底細。這裡喚作『百惡谷』，也就是『百惡教』的總壇，從來沒有活人能夠進來，更沒有活人能夠走出去！」

薛家糖想起拉車的那兩匹馬，一到谷口就嚇得走不動，敢情此言不虛。

「老伯，百惡教為什麼要把你囚禁在這裡？」

梅度搥胸號啕：「我梅家本是河東大族，子孫繁衍，好不興旺！五十年前，百惡教主沒來由的殺了過來，把我全族上下幾千口老小殺得精光，只留下我一個，卻不讓我死，把我擄到這兒來嚴加看管，每天都要想出新的方法來折磨我們。」

「我們？這谷中除了你，難道還有別人？」

梅度往旁一指：「那兒就還有幾個。」

山坡底下還有一個臭水塘，水面滿是油膩污漬，長滿了孑孓、蛆蟲，十幾顆跟梅度一樣醜惡、臭爛的人頭浮出在水面上。

一個名叫甘顏的老太婆哭道：「我們甘家的遭遇也是如此，百惡教天理難容！」

薛家糖沒料到自己竟被拐騙到這麼恐怖的地方，嚇得渾身都軟了，不知下一步該怎麼辦？

忽見黎青從木屋內走出，冷哼道：「你們在那邊幹什麼？」

梅度、甘顏等人一看見她，就像看見了鬼，慌忙躲入污水之中。

薛家糖也想逃，可連一步都踏不出去。

黎青冷哼道：「跟我進去，裡面需要你幫忙了。」

薛家糖不願意再跟她們有所瓜葛，但四肢不聽命令，乖乖的跟著黎青走回木屋。

花月夜仍躺在地下，氣色已好了許多。

「把他扛起來，跟我進去。」黎青命令。

薛家糖依言扛起花月夜，跟著黎青走入內間。

這內間的擺設布置與外廳大不相同，小巧精緻，居然像是一間閨女的臥室。

東面的牆壁上有道暗門，已被打開，露出裡面狹窄的夾層暗室，黎翠正忙進忙出的整理著什麼。

薛家糖心忖：「爲什麼自家屋內還要設置這種暗室，可見得她們姐妹倆一定有不可告人之事。」

黎青又發指令：「把他扛進去。」

薛家糖暗道：「這一進去，可能就死在裡面了！」躊躊躇躇的不肯往裡走。

忽聞外面傳來一陣尖銳蒼老的女聲：「青兒、翠兒，妳們在哪裡？」

黎青臉色大變：「糟糕，師傅來了！」用力一把將薛家糖推入暗室，並順手關上暗門。

可怕的師傅！

黎翠正在裡面整理床鋪，來不及出去，也被關在了裡面。

暗室的空間狹小，本來只容得下一個人，現在擠進了三個人，當然連轉身的餘地都沒有。

薛家糖費了不少力氣，才將花月夜放在小床上，累得喘吁吁，一直起身子就跟黎翠的醜臉面面相貼。

板壁間的縫隙透入微光，使得黎翠的臉更加醜陋獰惡。

薛家糖瞳孔賁張、喉管打戰，猛然發現黎翠的身軀竟似在微微顫抖，便又心忖：「她怎麼這麼怕她的師父？她師父諒必就是百惡教教主，一定更爲恐怖！」

只聽黎青的聲音在外面說道：「師傅，您老人家怎麼有空來？」

那「師傅」冷哼道：「眞氣死我了！翠兒呢？」

黎青支吾著說：「她……在『死水潭』那邊採藥草。」

「嗯，妳倆總算恪盡職責，很好很好。」

暗室內的黎翠想要擠出去，又怕弄出聲音被「師傅」發現，只得不情不願的跟薛家糖擠在一起。

又聽「師傅」氣呼呼的說道：「六月間，我去了趟泰山，見到了那個什麼王母娘娘……」

薛家糖暗暗好笑。「眞是胡說八道！她怎麼見得到王母娘娘？而且沒聽說泰山上有王母娘娘的廟宇。」

「師傅」又道：「我指著她的鼻子罵她是山寨版，她反跟我嘻皮笑臉，不當回事兒，妳說氣人不氣人？」

薛家糖驚忖：「這個老太婆竟敢對神明如此不敬，將來必遭天譴。」

忽聽「師傅」咦了一聲，厲聲質問：「青兒，這裡怎麼有生人的味道？」

薛家糖嚇得連氣兒都不敢出，汗流浹背，把頭縮到了肩膀裡去。

黎青強笑道：「這裡怎會有生人？大概是我帶回來的甜食，沾了些外面人的氣味。師傅，要不要嘗嘗這個？這是我新發現的甜品，叫作甘薯乳糖，挺不錯的。」

「師傅」咳了一聲道：「跟妳說過多少次，少吃甜的東西，瞧妳胖成這樣，將來怎麼嫁得出去？」

黎青笑道：「師傅，您不是不准我們嫁人嗎？怎麼現在又這樣說？」

「師傅」又重咳幾聲：「唉，沒錯，倒是我失言了。來，讓我吃兩塊。」

師徒倆在外面「喳喳喳」的吃了起來。

薛家糖剛鬆了口氣，黎翠在他耳邊桀桀笑道：「你膽子眞小！」

這刮人耳鼓的粗礪之聲，讓薛家糖頭皮發麻，差點脫口哀鳴。

黎翠趕緊伸手捣住他的嘴。

薛家糖鎭定下心神之後，才發現黎翠捣住自己嘴巴的手居然非常柔嫩軟滑，不由得一楞。

黎翠見他這模樣，連忙鬆手，並啐了一聲，別過臉去。

她這一聲嬌啐，更讓薛家糖呆住了。

她的聲音怎麼變了，變得這麼悅耳迷人？

「黎翠姐姐，妳……妳的聲音變了耶……」

但聽另一個聲音悄悄道：「薛家糖，你眞呆啊，難道還沒看出這位姑娘可怕的外表統統都是裝出來的嗎？」

原來花月夜已經醒了，躺在小床上，似笑非笑的望著他倆。

黎翠哼道：「你醒得倒快，最好還是閉上你的嘴，乖乖的躺著吧。」

花月夜笑道：「我怎能閉嘴？我還沒多謝姑娘出手相救呢。」

薛家糖好奇追問：「花弟弟，你爲什麼說她的外表是裝出來的？」

「你沒看見她的頭髮都歪到一邊去了嗎？」

原來三人混擠在一起，把黎翠戴在頭上的人皮面具給弄歪了。

薛家糖心忖：「她的人皮面具就這麼醜，所以她的本來面目一定比面具更醜！」

黎翠既已被窺破痕跡，便不再掩飾，把連帶著假髮的人皮面具一起取下。

薛家糖本不敢直視，但見黎翠一頭烏溜溜的秀髮先自傾洩而下，便禁不住睜大了眼睛。

黎翠輕輕一甩頭，甩開了秀髮，露出一張絕美的瓜子臉兒，大而水靈的眼睛宛若冬夜燦星，挺而小巧的鼻子渾如初春玉蔥，暖而鮮潤的嘴唇恍似仲秋紅菱。

薛家糖從未見過這麼美麗的姑娘，不但看呆了，更靦腆到了極頂，手腳都沒個放處，偏偏又無可避免的不斷碰觸到她的身體。

黎翠羞惱的瞪他一眼、又啐了一口，那模樣眞是可愛極了！

薛家糖囁嚅著道：「黎……黎翠姐姐，妳爲什麼要裝成那樣去嚇人？」

黎翠豎指於唇，示意他倆噤聲。

薛家糖這才想起可怕的「師傅」還在外面，閉嘴不迭。

兇狠的告密者

「師傅」吃完了乳糖，說道：「好啦，我走了。」

黎青故意巴結著說：「師傅，不等小翠回來嗎？」

「不用了，我只是順道來看看這裡的情況，妳跟她說一聲就好。」「師傅」的語聲漸轉嚴厲。「我一點都不擔心翠兒，這十年來，她從未怠忽過職守。倒是妳，成天在外面亂跑、瞎吃，也沒人查核妳的成果究竟如何？」

黎青強笑道：「師傅，誰不曉得大鵹、少鵹、青鳥都是您的密探，他們難道沒把我的行蹤報告給您嗎？」

「師傅」哼了一聲：「此番前來，就是要把青鳥留在這兒監控妳們的行動。」

薛家糖暗驚：「糟了，那青鳥既是『師傅』的密探，等下他若看見我們，要怎樣給他一個交代？」

又聽得外面黎青跟師傅敷衍了幾句，師傅終於走了。

再過半晌，黎青方才拉開暗門，讓他們出來：「好啦，她確實已經走遠了。」
薛家糖小心翼翼的探頭望了望，沒看見那密探青鳥，才踮著腳走出密室。
黎青見黎翠的人皮面具已經拿掉了，冷哼道：「這下子，我們的底細全都掀給他們看了，接下來要怎麼辦？」
黎翠嘟起小嘴：「姐，可是妳說的，他們不是壞人，我們有什麼好怕的？」
薛家糖的恐懼之心減弱了許多，但仍滿胸疑問：「我們不是壞人，那妳們是不是壞人？」
黎青冷哼道：「你這腦袋是死的？這種笨話也好說出口？」
薛家糖指著屋外：「剛才有人對我說這裡是百惡谷，妳們是百惡教的人。」
黎翠失笑：「這裡是百惡谷沒錯，但什麼百惡教？」
黎青冷哼道：「是不是那臭老頭兒梅度跟你說的？」
薛家糖想起梅度悲慘的遭遇，又開始有點害怕，但同時又義憤填膺：「妳們那般折磨他，還罵他是臭老頭兒？」
「嘖，你這笨蛋！」黎青把他帶到小山坡上，向下大叫：「梅度，你給我滾出來！」
可憐的老頭兒不得不顫抖著從爛泥巴裡探出頭：「『左大夫』切莫動怒，那小子是個呆子，所以我尋他開心。」

把薛家糖氣了個頭昏：「原來你胡說八道？」

黎青冷哼道：「你自己快點承認，你是個什麼東西？」

梅度囁嚅：「我……我是梅毒！」

黎青又衝著臭水塘大吼：「還有你們，快說，你們都是些什麼？」

名叫甘顏的老太婆苦臉：「我是肝炎。」

另一個叫作林白卓的老頭兒扁嘴：「我是淋病、白濁。」

再一個名叫商涵的老頭兒傻笑：「我是傷寒。」

弄得薛家糖的腦袋一片混亂：「等等，等等！他們若是細菌病毒，怎麼會長得像人？」

「他們到了這裡，就化成了人形，方便管理。」黎翠也走了過來。「我們的師傅是『西王母』。」

薛家糖更暈了：「西王母？王母娘娘？可我剛才聽見妳們的師傅在罵王母娘娘。」

黎翠失笑：「西王母跟王母娘娘沒有關係，她乃『崑崙山』眾神其中之一，掌管災癘瘟疫與五刑殘殺，也就是世俗所謂的瘟神。」

「崑崙山？眾神？」薛家糖止不住噴笑出聲。「妳們是不是……精神不太正常？」

黎青正想翻臉，一隻紅頭、黑眼、青羽的小鳥飛了過來，繞著薛家糖飛了一轉，嘰嘰喳喳的叫著：「青兒，妳們怎麼敢放這個生人入谷？我一定要去報告師傅！」

薛家糖驚得楞了：「這……小鳥兒怎麼會說話？」

「我不但會說話，還會吃人！」青鳥小小的頭變得比獅子還要大，血池尖嘴一張，便朝薛家糖的腦袋咬下。

薛家糖立時雙眼翻白，暈厥過去。

西王母

薛家糖終於醒來時，那青鳥正站在他的胸膛上，咕嘟著小眼珠，緊緊的盯著他。

「好鳥鳥……」薛家糖求饒。「別吃我！」

青鳥嘰嘰笑著：「她們說你是個好人，我也覺得你挺不錯的。咱們鳥兒最受不了老粗，就喜歡你這種輕手輕腳的娘娘腔。」

薛家糖放心坐起，發現自己躺在木屋廳中，並未看見黎青、黎翠兩人：「青姐姐和翠姐姐呢？」

「她們在裡面照顧你帶來的那個小伙子。」青鳥飛到他的肩膀上，啄了他耳垂一下。「以後你別再叫她們什麼姐姐，青兒二十一歲，翠兒只有十八歲，應該都沒你大。」

薛家糖一楞：「她們都還這麼年輕？但青姐姐，不，青妹妹的本領那麼高強……」

青鳥喳喳笑道：「她們是西王母的第三百零五代徒弟，雖然都只是凡人，但因有神符加持，不怕妖魔鬼怪，一身功夫又爐火純青，尤其飛針劫穴，奇準無比。」

「世上眞有西王母？」薛家糖仍無法置信。「世上眞的有神明？」

「小娘子，你不知道的事情還多著呢。」青鳥嘰嘰嘲笑。

「那……她們在這山谷裡做什麼？」

「西王母掌管天下瘟疫，她兩姐妹是西王母座下的左右大夫。」青鳥耐心解釋。「左大夫黎青負責在外捉拿病毒，右大夫黎翠負責在谷中看管、研究病毒。」說著，發出一聲咯咯輕笑。「可黎青長得太胖了，經常不去外面幹活，躲在那間密室裡睡覺，還以爲我不知道。」

原來那間詭異的密室是給黎青偷懶用的。

薛家糖失笑：「好鳥鳥，你可千萬別向西王母告密哦。」

「要我不告密，可以。」青鳥叼來一把小梳子。「以後你就每天細手細腳的把我的羽毛梳理好。」

動作靈活輕巧的薛家糖，把青鳥伺候得舒服極了，喉管裡不停發出咕咕咕的顫抖呻吟。薛家糖知道，這便意味著自己與花月夜都能安安穩穩的住下來了。

最好玩的小鳥鳥

黎翠果然是病毒專家，花月夜體內劇毒很快的就被清除乾淨，也恢復了意識，只是身體還很虛弱，需要長期調養。

花月夜感激涕零的望著薛家糖：「糖兒，多謝你仗義相救，此番恩情，今生必報。」

薛家糖這輩子首次被人如此敬重，不免手足無措：「人家……哪有怎麼樣？都是青妹妹跟翠妹妹的功勞。」

黎青、黎翠聽在耳裡都快噁心死了：「誰是你妹妹呀？你那張嘴最好閉緊一點。」

青鳥飛過來，停在他的肩膀上：「妳們怎麼這麼沒禮貌，這小哥兒溫柔體貼，是我唯一看得順眼的人類。」

黎氏姐妹見青鳥不但不告密，甚至還幫著薛家糖講話，都覺得不可思議。「這倒也好，總算不會芒刺在背了。」

黎翠便在大廳角落鋪了兩張床：「以後，你們兩個就睡在這兒吧。」

「說錯了，是咱們三個。」青鳥飛到床上。「糖糖來，再來給我梳毛。」

黎翠不禁在薛家糖耳邊悄聲道：「這小東西最難纏，沒想到竟被你弄得服服貼貼的。」

「人家本來就很喜歡小鳥鳥嘛。」薛家糖傻笑。「小鳥鳥最好玩了。」

初戀

兩個奶油小鮮肉就此介入了姐妹倆的生活之中。

一開始，兩姐妹非常受不了薛家糖的調調兒，但過沒幾天，他的好處就顯現出來，他那比女人還要細膩的心思，讓這棟恐怖簡陋的木屋變成了一座幽谷雅房、世外住居。

他整天忙著在這兒放些小擺飾、那兒弄點小壁掛，這兒一束花、那兒一簇草，使得每一天都有不同的風味。

除此之外，他還幫著黎氏姐妹做女紅，他的針線活兒好極了，直可令天下女子羞愧跳河。

但他最喜歡做的事情竟是陪著黎翠坐在大鍋前，調製、熬煮那大便一樣的藥物。

從小就有潔癖的他，最不能忍受臭氣，在照顧花月夜的那段日子裡，他的忍耐已到了極限，而現在，他怎麼能在那臭味四溢的大鍋前，一待就是一整天？

這原因，他自己也弄不明白，他只知道自己喜歡坐在黎翠身邊，聽她說話、看她動作，望著她的每一顰每一笑，衝入鼻中的臭氣竟就變成了香氣。

相較於黎青一貫的晚娘臉孔，黎翠和善得多，但她的話很少，往往一整天也說不了一句，薛家糖只得找出各種話題去逗她開口。

「翠妹妹，我今天摘來的花好看嗎？」「翠妹妹，妳覺得那個角角上掛幅山水畫，會不會顯得更幽渺一些？」

這樣的問題，通常只會換得一聲「嗯」。

薛家糖改弦易轍，另闢戰場：「崑崙山在哪裡？」「離這兒遠不遠？」「崑崙山上的眾神有哪些？都管些什麼事情？」

黎翠的回答卻是：「我沒去過崑崙山，沒見過崑崙眾神，你自己去找本《山海經》來看。」

薛家糖心裡納悶。「既是西王母的徒弟，怎麼會沒去過崑崙山呢？」嘴巴便又碎了起來：「那天沒能見著西王母的面，她很可怕嗎？妳們見到她，就似老鼠見到了貓……」

黎翠登即翻臉：「你怎麼這麼囉唆？邊上去！」

薛家糖討了個沒趣，逃難般跑出木屋，坐在小山坡上發呆，胸中充滿說不出的難受。想哭，可又覺得連哭都不能表達現在的情緒。

青鳥飛了過來，嘰嘰嘲笑：「翠兒的一個臉色就讓你想跳崖自殺了？」

「人家都不想活了，你還嘲笑人家？」薛家糖小娃兒似的不停蹬著雙腳。

「誰叫你廢話那麼多？」青鳥喳喳罵道。「翠兒不煩，我都快被你煩死了。」

薛家糖噘嘴：「人家只不過是想聽她說幾句話，她的聲音比風鈴還好聽呢。」

「唉，可憐蟲，居然戀愛了！」青鳥呱呱狂笑。「這應該是你的初戀吧？」

「戀愛？」薛家糖露出癡迷的傻笑。「戀愛就是這樣？又想死、又想活的？」

「嗨呀，眞夠噁心！不跟你說了。」青鳥振翅想走。

薛家糖趕忙攔下，悄聲囁嚅：「喂，告訴我，翠妹妹是不是……有沒有……會不會……」

「愛上你？」青鳥哼道。「你別做夢了。」

薛家糖又一副想死的模樣。

青鳥畢竟不忍，嘆了口氣道：「翠兒八歲的時候，就被師傅派來谷裡看管細菌病毒，所以她，根本就沒見過男人。」

薛家糖猛地一驚，不敢相信人間竟有這等事！「翠妹妹從八歲開始就沒有離開過這裡，也沒有半個朋友，這是什麼樣的童年與少年？」

生命中只有類似死亡的孤獨與寂寞，還要鎭日面對那些醜惡、骯髒又危險的細菌病毒。

薛家糖心頭又是一陣絞痛，脫口道：「西王母對她的徒弟怎麼這麼狠心？」

青鳥嚇了一大跳，悄聲咕呱：「你別亂說話，若被她聽見，就算你有十八條命，也不夠她宰的。」

「啊？她會殺人？」

青鳥發抖：「最近這一萬年，她一共殺了五十六個不盡責的徒弟！」

薛家糖雖怕，依然義憤填膺：「我去崑崙山跟她講理！」

「西王母會聽人講理？天都塌下來了。」青鳥猛搖頭。「而且凡人去了崑崙山，也見不到什麼東西。」

薛家糖對黎翠寄予無限的同情與憐惜，從此更爲體貼，恨不得親手餵她吃飯、替她更衣。

黎翠愈發受不了。但她從小缺乏跟人交往的經驗，不知如何表達自己的感受，更不懂如何拒絕別人的好意。

她絞了不少腦汁，終於想出了一個自覺可行的辦法：「薛家糖，既然你對熬藥有興趣，那就該學點醫理，否則光會熬藥有什麼用？」

薛家糖滿心歡喜與企盼：「翠妹妹要教我？」

「對呀。」

薛家糖還沒歡呼出聲，黎翠已抱來了一大堆書：「你先從淺顯的開始看，這裡有漢代的醫經七家——《黃帝內經》、《黃帝外經》、《扁鵲內經》、《扁鵲外經》與《白氏內經》、《外經》、《旁經》，再就是孫思邈的《千金要方》、王燾的《外臺祕要》、張仲景的《傷寒論》……」

薛家糖傻了眼：「這……要讀到什麼時候？」

「你先看懂了這些，我再慢慢教你西王母的醫術，那可是人間不傳的絕學。」

薛家糖尋思：「若是人間沒有的學問，當然不會見諸於文字記載，她就必須一句一句的講解給我聽，哈哈，那不就是人間天堂了？」

當下滿口應承：「好好好，我一定學好這門難懂的學問。」

黎翠本以爲他會知難而退，沒想到他竟躍躍欲試、欣然受教，只得無奈道：「我怕你沒這耐性。」

「不會不會。」薛家糖脫口而出。「我能夠住在這裡，就是這輩子最大的願望。」

「這山谷陰森恐怖，有什麼好？」黎翠失笑。

「因爲……因爲這裡有我的好朋友。」薛家糖生怕洩露心中的祕密，急忙找補著：「我是說……花弟弟跟青鳥。」

黎翠疑惑的皺起眉頭，輕啐一口，不說話了。

另一種初戀

花月夜終於能夠起身活動。

他可不像薛家糖整天待在木屋裡不出去，而是滿山滿谷亂跑亂逛，惹得黎青不停嘴的罵他：「這裡到處都是細菌病毒，萬一你惹上了怎麼辦？我可不想白救你一命。」

花月夜採了許多野果子來釀酒，又被黎青臭罵：「小小年紀喝什麼酒？好的不學盡學壞的！」

花月夜晚上不愛進屋睡覺，老躺在屋外看星星，又被黎青唸到臭頭：「天上有啥好看的？什麼東西都沒有。小心著了涼，可沒人理你。」

黎青的嘮叨，在任何人眼裡應該都很平常，熟悉她的黎翠卻深覺奇怪。

「姐姐從來不管別人的死活，爲什麼現在就像根釘子一樣的釘在花公子背後，不斷的提醒他這個那個？」

這種心境，沒有戀愛經驗的黎青自己渾然不覺，同樣沒有談過戀愛的黎翠、薛家糖當然也攪不清楚，竟以爲黎青就只是討厭他、看他不順眼。

黎青愈來愈少出去抓細菌，找出各種理由留在谷中，時不時就尋花月夜的碴兒。花月夜倒也不動氣，總是嘻皮笑臉的跟她打哈哈。

一日，黎翠熬藥熬得累了，走到木屋外透氣。

正巧，花月夜抱著一堆野果回來，他似乎一直對黎翠懷著敬畏之心，不敢跟她多做接觸，想要繞過她身邊，一腳踩在斜坡的泥巴地上，腳底一滑，就要摔倒。

黎翠出於本能的一把抓住他肩膀：「留神！」

花月夜瞟了她一眼，整張臉一直紅漲到脖子根，低頭囁嚅：「多謝翠姑娘……」

黎翠見他這靦腆模樣，不知怎地，心頭砰然一響，竟有點呆了。

這時，黎青又趕了過來，有意無意拱開黎翠，拽住花月夜的胳膊：「叫你乖乖的待在屋子裡，就是不聽。走，跟我回去。」

薛家糖看著這一幕，悄悄跟青鳥笑道：「青妹妹眞是花弟弟的剋星。」

青鳥咕咕冷哼：「你的花弟弟，其實傷早就好了，他裝得行動不便，就是想賴著不走，不知存著什麼心？」

「是嗎？」薛家糖楞了楞，繼而又忖：「我是想賴著翠妹妹，難道花弟弟是想賴著青妹妹？」

如此想著的時候，沒來由的暗笑起來。

前門抓狼，後門進虎

花月夜雖然失蹤了，但他的事跡依然在長安城內傳誦不已，更有好事者把它編成戲曲在勾欄院中演出，造成了空前轟動。

彭搵蚊、蔣搵針、汪搵門三人當然是這故事中的大丑角，頂著個白白的鼻子在臺上呱呱大哭：「吾不欲活也……吾甚心痛……嗚呼哀哉……」

每當此時，臺下觀眾就笑痛了肚子。

這晚，彭搵蚊實在受不了了，又把蔣、汪二人請到家中商議。

「若不把那花月夜的首級掛在城門上示眾，這鬧劇就不會止息。」蔣搵針沒好氣。「我老婆說我的鼻子眞的都已經變白了，是氣白的！」

「我已奏請劉知府派兵捉拿他。」汪搵門沒好氣。「但那些官兵都是飯桶，恐怕沒什麼用。」

「你說這些不全是廢話？」彭搵蚊沒好氣。「還是要請武林高手出馬。」

蔣、汪二人一起嘲笑：「你請的護院不都是崆峒派的高手？被他打成了一窩孫子！」

話沒說完，就聞廳外傳來一聲暴喝：「膽敢毀謗咱崆峒派，你們敢情是活膩了？」

蔣、汪二人嚇得才一縮肩膀，就見兩人走了進來。

當先一人闊面濃鬚，長相十分威武，身長八尺，虎背熊腰，顯然練就了一身硬功夫；後面跟著一個瘦弱異常的老頭兒，活像風一吹就能把他吹飛似的。

彭搵蚊冷笑道：「我給二位介紹一下。」指著那壯漢。「這位便是崆峒派的掌門人『暴雷』熊炳輝。」又一指那小老頭兒。「這位是熊掌門的師叔『鬼影子』杜丹。」

蔣、汪二人堆起笑臉。「童言無忌，嘿嘿，我們都是王八蛋，說的話就跟放屁一樣。」

熊炳輝大剌剌的坐在正當中，杜丹則遊魂似的在彭、蔣、汪三人面前晃過來晃過去，兩隻空洞的眼睛上下打量著他們，恍似主廚正在挑揀油水最多的肉排。

彭摳蚊咳了一聲，道：「那夜，熊掌門的兩位高足『火眼犀牛』馮淵和『無翼飛馬』賀蒙被花月夜那廝折碎了手掌，因此他們是來報仇的。」

蔣、汪二人一聽，暗喜於心，鼓掌喝彩：「理當如此！理當如此！」

熊炳輝立把臉一沉：「我的徒兒受傷，都是因為你們，所以先把這件事情處理好了再說。」

彭、蔣、汪三人聞言都是一楞。「居然先敲詐起我們來了？」

蔣摳針反應較快，躬著身子道：「這話沒錯！馮、賀兩位英雄都是彭大哥聘請的，如有損傷，自應由彭大哥全權負責。」

彭摳蚊大怒：「你倒推得一乾二淨？那夜難道沒你的事？」

蔣摳針睨著眼睛，撓了撓脖子：「人是你請的，事情也是在你家裡發生的，怎麼會有小弟我的事兒呢？」

彭摳蚊破口大罵：「都是你想脫那薛家糖的褲子，才惹出來的。」

「鬼影子」杜丹陰惻惻的笑道：「醜陋啊！你們這些富豪真是醜陋啊！」

熊炳輝沉聲道：「手掌碎了，就是個廢人，他倆下半輩子要怎麼過活？沒得說，一人必須得有醫藥費與安家費五萬兩銀子。」

「一人五萬？」蔣搵針的心臟都快要停止了。「那他們都可以名列天下百大富翁了。」

熊炳輝猛一拍桌，把那紫檀木桌面硬生生的拍出了一個大手印：「你給是不給？」

蔣搵針、汪搵門嚇得大叫：「該給該給！彭大哥，你若是不給，我們就跟你誓不兩立！」

彭搵蚊用雙手死死搵著自己的胸口，像要把自己搵死似的：「我……給……」下一刻就忍不住號啕開來。

「哭什麼？還有咧！」杜丹冷笑。「聽說連中原五兇的鬧天鷹都打不過花月夜那小子，所以我們一定要懸出重賞，召集各路英雄，共赴國難！」

彭、蔣、汪等三人又傻了。

共赴國難？有這麼嚴重嗎？

彭搵蚊哭哭啼啼的說：「我已經懸賞了五萬兩，但沒什麼用……」

「五萬兩哪夠？」熊炳輝又搥了一下桌子。「能塞誰的牙縫？」

蔣搵針、汪搵門齊道：「這……算了算了，我們不找花月夜報仇了。」

熊炳輝怒斥：「不行！這已經不是你們三個人的私事，而是關乎到整個江湖、整個武林、整個國家民族的大事！」

彭搵蚊哭道：「那就五萬零一百兩吧，這已經是我的極限了。」

「沒二話！」熊炳輝又連拍桌面。「你們三個湊齊一百萬兩，我保證把那花月夜碎屍萬段！」

蔣摳針跌足大嚷：「姓彭的，都是你！沒事招惹上了這群什麼武林好漢，簡直比碰到強盜還慘！」

武林人渣大會

熊炳輝在右手手掌上猛搽百花油，因爲剛才拍桌子拍得整個手掌都腫了起來。座下「四大金剛」之一的「獨角貔貅」藍灼忙進忙出，找來了十幾種傷藥，都沒什麼用，被熊炳輝罵了個臭頭。

說起崆峒派的四大金剛也眞夠悽慘，爲首的「黑面狻猊」伍壁於今年四月犯了殺人罪，已被洛陽府問斬；馮淵、賀蒙的手掌又都廢了，現在就只剩下這個藍灼可供驅策。

熊炳輝不停嘴的還沒罵完，就見「鬼影子」杜丹領著七個人走入，竟是「華山派」下最精英的「華山七劍」——「山羊」鈕建行、「山貓」郝向、「山魈」潘抽、「山犬」賴和群、「山狐狸」衛沖、「山羌」哈平與「山老鼠」許當雄。

熊炳輝見有人來了，自然不能再露出那副直嚷痛的熊樣，站起身子，哈哈大笑：「有七劍相助，何愁大事不成？」

杜丹哼道：「想賺大錢的人可多著呢。」

話聲甫落，「七殺門」門主耿天尊也帶著龍二、西門四、鄧五、古九、唐十一等五個徒弟走了進來。

「山羊」鈕建行見他們也想來分獎金，心中十分不爽，冷笑道：「七殺門在洛陽拳鬥大會上已經大出鋒頭、大放光芒了，何必還來爭食這塊小餅呢？」

他這話說得可夠陰損。原來今年六月間舉行的洛陽拳鬥大會，七殺門不但沒有沾到半點便宜，還鬧了個灰頭土臉。門主耿天尊手下本有「十三太保」，結果馬首、蕭七身亡，金六、歐陽八、畢十、游十三都被打傻了，司馬三成了啞吧，獨孤十二則是頻尿不止，一天有三分之一的時間耗費在尿桶之前。

鈕建行哪壺不開提哪壺，當然惹得耿天尊暴怒如狂，一拳就搗了過去。

七殺門以剛猛拳術見長，耿天尊這一拳的力道足夠打碎他爹墓前的石碑。

鈕建行不敢硬接，一回身，長劍便已出手，華山派的其餘六劍也都圍過來，七殺門的五個太保當然不會閒著，怒吼著撲了過去，眼見就是一場大亂鬥的局面。

熊炳輝心中焦躁，還未來得及出聲勸阻，一條旋轉的黑影已落到眾人之間，鋒銳的旋風把大家都逼得往後退了好幾步。

再定睛看時，一個鷹目勾鼻的人已站在大廳中央。

「鬧天鷹？」杜丹悶哼。「聽說你被那花月夜打得大敗虧輸，現在還想跑來撿便宜？」

一向桀驁的鬧天鷹竟然絲毫不以爲忤，嘆了口氣道：「大家都搞錯了，那花月夜本領雖強，但還不是我的對手，我是栽在了一個胖女娃的手裡。」

熊炳輝道：「我也聽說如此，鷹兒可知這胖妞的來歷？」

「我已打聽得實，賤婢名喚黎青，是百惡教的左大夫。」

「百惡教？」在場眾人可無人知曉這個教派。

鬧天鷹詳細敘述了百惡谷的地理位置，然後找補著說：「傳聞進入百惡谷中的人，沒一個能活著出來，你們有這膽量嗎？」

耿天尊冷笑不絕：「你是人家的手下敗將，連你都敢去，我們爲什麼不敢去？」

「誰說我要去？」鬧天鷹一派心平氣和的模樣。「我只是前來告訴你們敵情資料，不想讓你們死得糊裡糊塗、不明不白而已。」

鬧天鷹說完，輕笑一聲，人已在院牆之外。

「山羊」鈕建行呸道：「大家都說中原五兇多麼勇悍，鬧天鷹尤其心狠手辣，沒想到竟是個龜孫子。」

「別管那孬貨。」熊炳輝這會兒手也不疼了，豪氣萬丈的站起身來振臂大呼：「一百萬兩銀子正等著我們去拿，大伙兒快卯足勁兒吧！」

谷口的爭執

一行十六人按照鬧天鷹的指點，哪消幾天便來到了百惡谷口。望著陰森森的谷內，大家又有點膽怯。

鈕建行道：「熊掌門，您帶路。」

熊炳輝瞪眼：「我又沒來過，帶什麼路？」

「崆峒派是發起人，當然該由你們打頭陣，先去探探敵方的虛實。」耿天尊悠悠的說。

杜丹冷笑道：「那麼以後分帳，我們是不是該多分一份？」

華山七劍與七殺門門人俱皆心忖：「他先進去，也許先就被幹掉了，答應他多分一份又何妨？」都連連點頭。「應該的，應該的。」

杜丹話既已出口，便扯不下這張老臉，心下嘀咕：「我就進去隨便晃晃，又有誰知道？」不再打話，將身一縱，果眞像條鬼影似的進入谷中。

眾人料想他這一去必得花上大半個時辰，都坐下休息，豈知他不到半炷香便回來了，一身瀟灑、滿臉笑容：「我還當是什麼龍潭虎穴，原來不過爾爾，咱們這一百萬兩簡直賺得輕鬆寫意。」

大伙兒興奮得像一群在舊貨攤上撿著了名牌皮裘的大媽。「你快說，裡頭一共有幾個人？」

「就一間破爛木屋，一個美如天仙的少女和一個奶油小伙子坐在大鍋前熬著不知啥麼鬼東西，臭得要命；再一個胖妞坐在屋外的樹林裡吃零嘴，大概就是打敗了鬧天鷹的那個黎青……」

「此人是我們最主要的對手。」耿天尊沉聲提醒，眾人全不在意，搶著發問：「花月夜那廝呢？」

「那小子在屋後釀酒，我瞅他體格單薄，應該是個易與之輩。」

耿天尊又道：「花月夜詭計多端，不可輕忽。」他自從在拳鬥大會上鎩羽之後，就變得小心謹慎，但其他人只當他膽小，根本懶得搭理他。

杜丹想了想，分派道：「咱們一共十六人，七個圍攻那胖妞，六個負責勦殺花月夜，其餘三人就去對付那美少女和小後生……」

熊炳輝搶道：「沒得說，美少女歸我了。」

大家都瞪著他。「那就把你們多得的一份還出來。」

杜丹輕咳一聲，道：「各位別動氣，最公平的方法就是抽籤。」

路邊多的是雜草，杜丹做了三種籤讓大家抽，很快的分派好任務，眾人悄悄朝谷中潛行而入。

才繞過第一個山凹，「山貓」郝向忽地跳上了一棵大樹的樹頂。

「山羊」鈕建行罵道：「郝老二，什麼時候了還在作耍？」

郝向手腳掙扎了兩下，便不動了。

眾人再定睛看時，才發現郝向不是自己跳上去的，而是被一個東西鉤住了脖子，直挺挺的吊上去的。

「軟索飛抓！」耿天尊大驚。「就是花月夜所用的兵器！」

話還沒說完，兩道金芒射來，正中鄧五雙目，瞬即變成了一個瞎子。

原來杜丹剛才進入谷裡探查，自以為神不知鬼不覺，其實早就被最專業的窺伺者青鳥看見，立馬通知黎青等人禦敵。

大軍尚未開出轅門，便已先折損了兩員大將，對於士氣當然是一大打擊，然而亡命之徒跟常人不一樣的地方就在於血氣之勇特別澎湃，一旦惡血倒灌入腦門，連爹娘都不認了。

「衝進去，殺光他們！」眾人齊發一聲喊，不管三七二十一的攻向山坡上的小木屋。

血染深谷

青鳥站在窗前看見大批人馬殺了過來，嚇得咕咕亂叫，一頭扎入薛家糖懷中，還嫌不夠，還想往內衣裡鑽。

薛家糖也嚇得發抖：「你不是能把嘴巴變得跟獅子一樣大？」

「那只是嚇人的。」青鳥哆嗦。「一點用都沒有！」

黎翠仍搞不清狀況，靜靜坐在大鍋前熬藥。

「山犬」賴和群當先衝入，見鍋下生著大火，便一腳踢去，想乘勢把木屋給燒了。

黎翠柳眉倒豎：「你做什麼？」右手輕抖，一支金針激射而出，刺在他左腳的「陽交」穴上，讓他咕咚跪倒在地。

七殺門的龍二、古九隨後衝入，黎翠又是兩根金針射出，使得他倆做了一對跪在陵寢前的石俑。

耿天尊跟在他二人之後，見狀大驚：「賤婢恁地厲害！」慌忙退了出來。

熊炳輝喝道：「她不是正主兒，別跟她歪纏，只要殺了花月夜就算大功告成。」

眾人繞到屋後，不見半條人影，只有一個大缸擺在空地上，旁邊堆著一些準備釀酒的野果。

「那小子剛才跑去伏擊咱們，他總會回來的，換成咱們來伏擊他。」鈕建行轉頭吩咐「山老鼠」許當雄：「許老七，你躲在那缸裡，他一回來就殺他個措手不及。」

許當雄身材瘦小，老鼠般鑽入缸中，餘人則分頭躲在隱密角落。

等了半晌，沒有絲毫動靜。

熊炳輝不耐道：「這樣不是辦法，總不能在這裡躲一整天吧？」

耿天尊冷哼：「反倒弄得我們像一群傻蛋。」

鈕建行老大沒面子，只好從藏身之處走出：「依你們之見，又當如何？」

杜丹道：「分頭搜索。把這山谷翻過一遍，看他能躲到哪裡去？」

眾人準備行動，那藏在缸裡的許當雄卻不理不睬，好似已經睡熟了。

「山羌」哈平走過去，一邊叫著：「許老七，大家都要走了，你還想賴在這裡嗎？」走到缸邊探頭一看，只見一個俊俏少年半躺在缸內，笑嘻嘻的望著他，許當雄壓在他身體底下，早已沒了氣兒。

哈平大驚想退，飛抓的鋼鉤已把他的腦袋抓成了一團碎肉。

「那小子竟躲在缸裡？」

其餘諸人撿起地上石塊狠砸過去，大缸碎裂的同時，花月夜已如大雁般消失在林中。

「可惡！」因爲又喪損兩名同門而失去理智的「山羊」鈕建行帶頭追入密林。

林中有塊空地，黎青像尊彌勒佛似的坐在中央，抱著一大包紅豆軟糖吃得咂巴咂巴。

「賤婢，我們不跟妳一般見識，只要妳們把花月夜那小子交出來，我們馬上離去。」

「唉，學不會教訓，還這麼霸道？」黎青冷哼。「我是百惡谷的左大夫，剛剛幫你們打過了針，現在還想開刀嗎？」

「賤婢……」

黎青雙手齊揚，兩柄小刀射向鈕建行雙肩。

鈕建行領教過她的厲害，早有戒心，迅即閃身躲過，但緊跟在他後面的唐十一與「獨角貔貅」藍灼可倒了楣，一個胸膛中刀，一個小腹挨刀，都倒在地下呼痛掙扎。

黎青冷哼道：「這點小痛都受不了，還跑來發什麼狠？」

「鬼影子」杜丹眼見己方來了十六人，轉瞬只剩下了七個，暗嘆：「罷了罷了，這一百萬太難賺了。」轉身遁往谷外。

連番挫敗使得其餘諸人的心頭惡血消退無痕，互打一個眼色，也想退走。

花月夜笑嘻嘻的從一棵大樹後轉出：「小嘍囉要走可以，領頭的必得留下。」

熊炳輝躬身乾笑：「我們都是小嘍囉……」

僅存的西門四、「山魈」潘抽、「山狐狸」衛沖等人都高叫：「眞無恥，領頭的分明就是你！」

花月夜伸手一指「山羊」鈕建行與七殺門門主耿天尊：「別以爲我不知道，你們兩個也都是領頭的。」

耿天尊乃一方之霸，雖說近來有如驚弓之鳥，但何嘗被人蔑視至此，止不住一股惡氣又從膽邊升漲起來，二話不說，掄起鐵拳便衝上前去。

鈕建行、熊炳輝見他如此，膽子也壯了，立刻聯手合圍。

西門四等人本還想乘機偷襲幾下，然而一見黎青在旁虎視眈眈，便打消了這念頭，呆站一邊，美其名曰「掠陣」。

花月夜抖開了軟索飛抓，一人獨戰三大武林宗師，竟不落下風。

黎青心道：「這小子不知道見好就收，非要把這三個最厲害的留下來幹什麼？眞是自找麻煩。」

花月夜的軟索飛抓世所罕見，路數怪異到讓人無法捉摸，耿、鈕、熊等人一開始被攪得手忙腳亂，但他三人畢竟久經戰陣，幾十招過後便漸漸探著了對手的缺點與破綻，互遞了個眼色之後，鈕建行的長劍專削花月夜雙腳，熊炳輝的大刀盡砍花月夜頭顱，耿天尊的鐵拳則狂攻花月夜中路。

黎青眼見花月夜開始有點左支右絀，不由發急，罵道：「你就會逞強，這下看你要怎麼辦？」

花月夜嘴上可不服輸：「不勞煩心，我自能打發他們。」

鈕建行趁他分神，一劍反手斜挑，劃過他大腿，頓時血如泉湧。

黎青早在戒備，五針齊出，全都刺中鈕建行持劍的右手臂。

鈕建行棄劍後躍的同時，熊炳輝大刀已兜頭砍下。

黎青的主要職責是抓細菌，甚少在江湖上與人爭鬥，對敵經驗不足，防住了這個卻漏掉了那個，眼見熊炳輝這一刀就要把花月夜劈成兩爿。

驀地裡，左側樹林裡飛出一塊石頭，既猛又疾，恰正打中熊炳輝面門，打得他眼冒金星、鼻血直流。

花月夜順手帶回飛抓，把他的腦袋也一起抓了下來。

耿天尊等人驚見樹林裡還藏有高手相助，哪裡還有鬥志？忙不迭逃之夭夭。

花月夜的身體搖了搖，一屁股坐倒，腿上的劍傷顯然不輕。

黎青趕過來，撕下自己的衣袖幫他裹緊傷口，一邊罵著：「你毒傷剛好，現在又添新傷，你不把你的小命當回事兒，怎麼不管人家心裡……」話沒往下說，淚珠可在眼眶裡滴溜溜的滾個不停。

花月夜笑道：「青姐，妳怎麼變得跟薛家糖一樣，也滿口『人家』、『人家』的？」

「你還貧嘴？」黎青起手就刷了他一記大耳光，俊俏的臉上登即五條紅指印。

花月夜仍不在乎，眼望樹林，笑道：「翠姐的手勁好大，一石頭就打倒了一個武林大豪。」

黎青這才想起這件事，皺眉道：「那人不是翠兒，翠兒怎會用石頭砸人？」

花月夜一楞：「那是誰在暗中幫助我們？」

兩人面面相覷，隱約覺得其中還埋藏著許多曲折。

很好賺的錢

「鬼影子」杜丹早就跑不見了，只剩下耿天尊、「山羊」鈕建行、「山魈」潘抽、「山狐狸」衛沖、西門四沒命朝谷外飛奔。

五人不辨方向，一腳高一腳低的亂跑一回，來到一窪臭水旁。

「大俠們，救命！」

不知何處傳來嘶聲叫嚷，定睛一看，竟是十幾個老頭兒、老太婆泡在膿一般的臭水裡。

「大俠，快救我們出谷，定有重謝。」

耿天尊掩鼻：「你們為何泡在裡頭？」

一個老頭兒哭道：「我們都是被那兩個黎氏惡女綁架的善良老百姓，若得大俠們仗義援手，必當奉送黃金千兩。」

西門四、潘抽心道：「百萬紋銀沒能賺到，黃金千兩倒也不錯。」

當即不顧腥臭，走入臭水裡伸手去拉那些可憐人，一邊問著：「老丈何名？」

一個哭道：「我乃梅度。」

另一個抽噎：「老兒名叫商涵。」

西門四剛剛拉起梅度，就看見自己的手掌上長出了幾個水泡，忍不住伸手去摳。

梅度唉了一聲，道：「仁兄最好別摳。」

「水泡就是得摳破……」西門四話沒說完，就聽衛沖嚷嚷：「西門兄，你臉上怎麼搞的？」

西門四一摸，臉上竟也長出了幾十個水泡，再看手掌，原本的水泡已變成了爛瘡，紅色的丘疹更迅速蔓延全身。

梅度嘆道：「我叫你別摳，你就是不聽。」

耿天尊見徒兒一眨眼之間就渾身潰爛，厲聲喝問：「這到底是怎麼回事？」

梅度笑道：「我忘了提醒各位，我其實是梅毒的化身。」

另一邊，拉起商涵的「山魈」潘抽宛若跌入冰窖，突發一陣顫抖，瑟縮成一團。

「山羊」鈕建行驚道：「老三，你怎麼了？」

「好……好冷……」潘抽語不成句。

商涵笑道：「只我便是傷寒。」

「可惡！」

鈕建行一劍掃出，兩個老頭兒逃入污水裡，兀自嚷嚷：「喂，這麼好賺的黃金千兩，你們爲何不想賺？」

耿天尊等人被這邪惡的山谷嚇得魂不附體，不敢再逗留片刻，沒命逃離。

挖一個大洞

樹林中，花月夜把剛才被黎青射傷的鄧五、「獨角貔貅」藍灼、唐十一統統都殺了，才一跛一跛的走回木屋。

被黎翠制住了腿上穴道的龍二、古九與「山犬」賴和群費了好大力氣才從木屋內爬出。花月夜冷笑著說：「你們還想逃命？跟伙伴一起上路吧。」一抖飛抓，把他們也全都殺了。

黎翠在屋內看見，驚詫莫名，衝到門邊嬌叱：「花月夜，你怎麼這麼心狠手辣，他們已無反抗之力，為何不把他們轟出去就好？」

花月夜滿不在乎的笑道：「翠姐，這些傢伙都是人渣，死一個少一個，不必心存憐憫。」

黎翠從八歲開始便一直待在谷中，從未親近過任何人，也沒有被任何人欺侮過，在她的觀念裡，該死的只有那些禍害人類的細菌病毒。她鑽研醫術為的就是救人，腦中不曾閃過殺人的念頭，當然完全無法接受花月夜這種霹靂手段。

「你憑什麼說他們是人渣？你能保證你自己一定比他們好？」

花月夜楞了楞，黎翠聲色俱厲的模樣讓他嚇了一大跳。一向輕言細語的小姑娘竟變得如此激烈，顯然對他反感甚深。

花月夜有點心虛慚愧，低垂下頭：「我給兩位姐姐惹了不少麻煩，真的很抱歉。我一直想要報答妳們，不料卻惹出了更多麻煩，我是個不祥之人，留在這裡只會給妳們招來禍害。」言畢，躬身一禮。「就此別過。」

花月夜轉身就走，人影一晃，黎青已攔在他面前，冷哼道：「你說走就走？我有准你走嗎？」

「青姐，妳……」花月夜偷瞟了黎翠一眼。「妳還是讓我走吧。」

「也許有人看你不順眼，那沒關係。」黎青邊說，也瞟了黎翠一眼。「反正，只要是你的事兒，我說了算數！」

「這……不好吧……」

「少囉唆，你腿上的傷還需要治療。」黎青一把抓住他就往屋內拖。「而且，我們還得攪清楚，那個潛入谷中的高手到底有何圖謀？」

黎翠既見姐姐如此，只能氣悶於胸，沉默不語。

薛家糖跟青鳥從藏身處鑽了出來，連聲叫著：「好恐怖！好可怕！」猛地望見屋外躺了一地的屍體，又嚇得魂飛魄散。

黎青冷哼道：「薛家糖，你還楞在那兒幹什麼？快出去把那些屍體都處理掉。」

薛家糖楞住了：「我？處理屍體？怎麼處理？」

「我哪知道？快去！」

黎青只顧替花月夜療傷，黎翠則坐回大鍋前繼續工作，薛家糖想藉青鳥壯膽，可那不講義氣的小傢伙不知躲到哪裡去了。

萬般無奈的拿起一把鐵鍬，顫巍巍的走到屋外，滿眼滿鼻的血腥讓他頭暈腿軟、五臟痙攣。

他不敢看那些屍體，先跑到土坡底下挖洞。

出乎他意料，挖洞原來這麼困難，表土七寸還算輕鬆，但愈往下愈硬，還有許多石塊阻礙，弄得他渾身臭汗，挖了兩個時辰，日已西斜，還不夠埋半個人。

薛家糖坐倒喘氣：「一向聽那說書的說，殺人都是一刀一個，挺痛快的，怎麼從來沒人說起過，埋人這麼累？」

忽見花月夜一拐一拐的走下坡來：「糖糖兄，不好意思，倒讓你做苦工了。」

他也跟青鳥一樣，暱呼薛家糖為「糖糖」，只是多了個「兄」字。

薛家糖苦笑：「你又受了傷，快進去躺著吧。」

花月夜抄起鐵鍬就幹活：「挖幾個洞還難不著我。」

一身功夫的花月夜果然比薛家糖強得多，不需多久就挖了個深逾一丈的大坑，把那幾具屍體全都埋了進去。

薛家糖感激的挨在他身邊，悄聲問道：「你剛剛說要走，你眞的想走？」

「一時半刻恐怕還走不了。」花月夜望著自己的腿，嘆了口氣。「青姐把我管得像是她養的一條狗。」

薛家糖話講得更小聲：「青鳥說你不走，是想賴在青妹妹身邊。」其實這是他自己的想法，卻推到了青鳥頭上。

花月夜聞言失笑：「我想賴在她身邊？敢情是活膩了？」

薛家糖心弦一緊：「那你想賴誰？不會是翠妹妹吧？」

花月夜更加噴飯：「瞧你緊張成這副德性，怎麼，怕我跟你搶？」

薛家糖臉上一熱：「說這什麼話……」

花月夜搥了他肩膀一拳：「嗨，誰不知道你喜歡翠姐，還裝這副熊像給我看？」

薛家糖傻笑：「喂，你說她會不會……她會不會……」

「愛上你？」花月夜忍住爆笑的衝動。「咳咳……世事難料，人心難測，難測得很哪。你自己加把勁兒吧！」

歡樂滿屋

風，如同承載音符的河流；雨，有北極星的味道。

秋天的百惡谷，肅殺中另有一番詩情。

花月夜坐在土坡頂端望著天際秋雁南飛，俊俏的臉龐上浮起一抹鄉愁。

「他想家了？」黎翠採集藥草回來，經過他身邊時，心裡這麼想著。

黎翠偶爾也會想家。她八歲就成了孤兒，被西王母帶到谷中撫養，所以那個「家」只是一個模糊幽遠的影子，但她總期盼著有朝一日，那幻影能夠成爲眞實的存在。

花月夜此刻的少年心情讓她感同身受，她不禁坐在他身旁。

「那天我說話衝動了一些，你別放在心上。」黎翠刻意輕柔。

「不，妳罵得對。」花月夜深自懺悔。「我缺乏悲憫之心，比那些壞人好不到哪裡去……翠姐，妳覺得我會變成一個好人嗎？」

黎翠安慰著：「你還年輕，只要一心向善，將來一定能夠……」

花月夜苦笑截斷：「我懷疑我會成爲一個好人，因爲我心中充滿了仇恨。」

黎翠一驚：「這又是爲何？」

「我的父母皆被奸人殺害。」花月夜切齒。「現在我只想報仇！」

年紀輕輕就有坎坷的身世，黎翠想起自己的遭遇，慨嘆道：「其實這些年來成天跟細菌為伍，我的生命裡也只有厭憎與嫌惡，但不管怎麼樣，終究要承擔下一切磨難，才能得到圓滿的成果。」

「沒想到我們竟然同是天涯淪落人。」花月夜對黎翠倍感親切。「翠姐，我覺得妳眞了不起，包容得下所有的東西，我應該要跟妳學習。」

黎翠望著他青春稚嫩的面容，不由得泛起一種憐愛的情緒，覺得自己有責任把這少年導入正途：「那你以後就與糖糖一起跟我學醫吧。」

薛家糖已發憤讀完了黎翠交付的所有醫書，當然還有許多不懂的地方，花月夜的加入讓他大為興奮：「這下可熱鬧，像個眞正的學堂了。」

花月夜拉著他一起朝黎翠躬身行禮。「小子們懇請夫子教誨。」

黎翠嫣然，這輩子從未笑得這麼坦然開懷。

反目

原本陰森的小木屋，現在成了充滿歡笑的地方。

黎翠開始傳授西王母的醫術，這本是艱澀複雜的課程，授業的老師會比學生更頭痛，但花月夜、薛家糖讓黎翠教得輕鬆愉快。

他倆不但學得快，花月夜更不時捉弄憨厚的薛家糖來逗黎翠開心。

黎翠一邊責備花月夜的頑皮，一邊教得更加起勁。

青鳥一逕冷眼旁觀，逐漸發現一件事。「翠兒教花月夜來得更細心，別是她也愛上他了吧？唉，糖糖可要吃癟啦。」

整座谷裡只有一人不爽，當然就是黎青。

這日，她打點好行裝，準備出外執行任務。她打斷了那師徒三人的課程：「小花兒，你出來一下。」

近日她給花月夜取了個暱稱，當然只有她一個人在用。

花月夜不太情願的跟著她走出木屋：「青姐，什麼事？」

「你跟我一起出去抓細菌。」黎青堅決的下達命令。

花月夜楞了楞，眼望屋內，顯然推托：「可我正跟翠姐學習醫術……」

「你空有一身本領，卻整天坐在那兒學什麼醫術？根本是浪費人生。」

「青姐，妳怎麼能這麼說呢？懸壺濟世也是一件上好的功德呀。」

「嘖，你又不是佛門子弟，講什麼功德？」黎青繼續慫恿。「你武功高強，本該名揚四海，傲視天下！所以你先跟著我一起闖蕩江湖，周遊各地，剷奸除惡，快意恩仇，豈不是更好？」說到後頭，圓胖胖的臉上竟已透出懇求的表情。

花月夜兀自遲疑：「可我……根本不會抓細菌。」

「這事兒一點都不難。」黎青從懷裡掏出一支白翠玉瓶。「這就是師傅西王母交給我的法寶，所有的細菌無不手到擒來。」並約略說明抓細菌的咒語及方法。

花月夜輕咳一聲：「我想我並不適合做這些，還是跟著翠姐學醫來得正經。」

「你……是說我不正經？」黎青的不可理喻瞬間爆發，起手就刷了花月夜一耳光。「是你自己沒出息！」

黎翠在屋內聽見外頭的騷動，走了出來：「姐，妳幹什麼？」

黎青的氣頭立即轉移到黎翠身上：「妳誘惑他學醫，究竟有何用意？」

誘惑？黎翠這輩子從不曾想要誘惑任何人，在她單純的觀念裡，誘惑可是一個重大的罪名，她氣得簌簌發抖：「是妳喜歡她，我又沒有？」

一語戳破了黎青心中最大的祕密，她既羞又惱，忍不住就要衝上前去。

花月夜一把扯住她衣袖：「青姐，不可以。」

黎青瞥見薛家糖畏畏縮縮的站在門口，便高叫道：「糖糖，你過來！」

薛家糖嚇了一跳：「干人家什麼事？」

「你來說句公道話，小花兒應該學醫還是應該跟我闖蕩江湖？」

「這……」薛家糖被弄得結結巴巴。「他應該……他不該……他活該……」

青鳥咕咕冷哼：「我看哪，這種只會製造糾紛的傢伙，應該早點滾蛋。」

「臭小鳥，你說什麼？」黎青火了，竟連青鳥都想打，花月夜又忙拖住她。

「青姐、翠姐，這一切都是我不好。我……青鳥說得對，我不能成為妳們之間的罪人，我還是不要留在這裡給妳們添麻煩了。」言畢，轉身躍入林中，眨眼就沒了蹤影。

黎青愈發氣憤，口不擇言的把八百年前的舊帳都翻了出來：「從小妳就愛跟師傅撒嬌，所以師傅偏愛妳，什麼都教給妳，我呢，就被妳們踢得遠遠的，成天在外面餐風宿露……」

黎翠不會跟人吵架，只氣得臉色蒼白，喉管裡發出連串悶掙的泣音。

梅毒去哪兒啦？

薛家糖心如刀割。

最好的朋友花月夜走了，最心愛的黎翠被欺負成這樣，而他只能站在一旁，一點辦法都沒有。

原本和樂有若大家庭的景況一下子全都破滅了，薛家糖的心也跟著碎了，他不願再聽見黎青的咒罵，摀住雙耳奔入樹林，只想找個地方痛哭一場，或者隨便找個人傾訴一番。

「梅毒、傷寒、淋病，你們都出來，人家有話要跟你們說。」

林中寂靜異常，污水塘、臭水溝裡也不見半條人影，所有的細菌病毒都不見了。

薛家糖心中狐疑，邊走邊高叫：「梅毒，梅毒，你在哪裡？肝炎，霍亂，你們都躲到哪裡去了？」

薛家糖在山谷裡繞了好幾轉，終於確定那些細菌跑得一個都不剩！他止不住冷汗直流。「難道是上次那個隱藏在暗處的高手偷走的？」

拚命跑回木屋，黎青的舊帳還沒算完，還在那兒唸叨不休。

「青妹妹、翠妹妹，那些細菌全都不見了！」

黎青、黎翠一楞之後，俱皆大驚：「什麼叫作不見了？」

青鳥機靈，急聲問道：「青兒，快看看，妳的淨世玉瓶還在嗎？」

黎青往懷裡一摸，這才發現從不離身的白翠玉瓶竟然也不見了！

她猛然想起，剛才花月夜攔住她的時候，好像順手在她身上摸了一把，莫非……她跺了跺腳，不敢再想下去。

「只有先找到他的人再說。」

黎青火焚似的追出谷外。

西王母下重手

黎翠完全不知道自己是怎麼回到屋內的。

她坐在大鍋子前面，腦中一片空白。

薛家糖茫然無措半天之後，終於冒出一句：「如果那些細菌眞是花弟弟偷走的，那一定有他的用意……」

青鳥忍不住大罵起來：「我早就說過，那姓花的小子不是個東西，人面獸心，不曉得懷有什麼陰謀！」

薛家糖哭道：「小鳥鳥，你亂說，才不是這樣，花弟弟是個好人。」

「你們不要吵。」黎翠呆呆的說。「快想想，現在要怎麼辦？」

青鳥、薛家糖哪有什麼主意，只能一陣嘰嘰呱呱的亂叫。

外面突地傳入一陣粗糙凜冽的語聲：「青兒、翠兒，谷裡的味道怎麼變得不一樣了？」

黎翠、青鳥面無人色。「糟糕，師傅來了！」

薛家糖一聽，嚇得皮球也似的滾入密室，緊閉上房門。

西王母鋸子般的聲音一路響進屋來：「妳們到底在搞什麼？是不是又在偷懶？」

薛家糖心忖：「這下完了，不知『師傅』會怎麼責罰翠妹妹她們？」

但聽青鳥大著嗓門聒噪：「報告西王母，黎青、黎翠不遵師命，擅自收留了一個奶油野漢子，結果細菌全被他偷走了。」

薛家糖大驚。「好不講義氣的傢伙！等下一定要教訓牠一頓，三天不幫牠梳羽毛。」

只覺外面死寂一片。薛家糖看不見西王母的臉，只感到一股宛若寒冰之尖的凌厲殺氣從門縫裡洶湧捲入。

薛家糖止不住毛髮倒豎，緊接著竟聽見黎翠悶聲哭泣起來。

繼而又聞西王母一字一字緩緩的道：「翠兒，妳枉我教誨妳一場，我給妳一個最後的勸告，下輩子別再被野男人迷惑了。」

薛家糖想起青鳥說她常下毒手殺害自己的徒弟，再也顧不得己身安危，把門一推，衝出密室。

「師傅，您別怪翠妹妹，這都是人家的錯！」

西王母訝異的轉過身子，薛家糖這才看清她的相貌，厲目白眉，滿頭蓬鬆的亂髮上仍戴著長長的髮簪與各種玉飾，出奇的是，她還長了一條豹子似的尾巴。

「你就是那野漢子？」西王母齜出一嘴惡虎一樣的牙齒，宛若即將擇人而噬。

青鳥忙道：「不，他是另外一個野漢子，他還滿好的。」

西王母又瞪了薛家糖兩眼，轉身回去，仍想舉掌朝黎翠頭頂拍落。

薛家糖急得大叫：「妳這個老太婆，怎地如此殘忍？青妹妹、翠妹妹從小就被妳虐待，妳不但不反省自己的行為，還不斷的折磨她們，現在竟想施毒手，青妹妹、翠妹妹都說妳是神明，我看妳根本就是一個兇惡的妖怪！」

自古以來，從未有一個人類敢這麼詈罵西王母，青鳥在旁聽得都快暈厥過去。

西王母氣極反笑，慢慢踱到薛家糖面前，悠悠道：「你好大的膽子呀。」

薛家糖既然罵開了嘴，更無顧忌：「妳心腸狠毒，比妖怪還不如，該當被貶到阿鼻地獄裡去！」

西王母臉色一片青紫，手又舉了起來。

青鳥忙道：「報告西王母，這個糖糖心地善良，是個極好的人類，您可不可以放他一馬？」

黎翠也終於回神，跪倒在西王母面前：「師傅，您責罰我一人就好，這個薛家糖什麼都不懂，跟小孩子一樣，他說的那些都是無心的……」

「對對對，都是些屁話。」青鳥添補。

西王母又瞪了薛家糖半晌，驀然仰天長嘯，聲波淒厲，渾若萬鬼齊哭。

薛家糖被震得耳鼓生疼，死命摀住耳朵。

黎翠跟青鳥卻鬆了一口氣。

原來西王母最喜長嘯，當她這麼做的時候，就表示她心中已無鬱結。

果然，西王母長嘯片刻之後，原本瀰漫屋內的殺氣逐漸消弭：「哼，算你勇氣可嘉，今天可被你罵得痛快。」

「糖糖，還不快跟師傅道歉？」黎翠、青鳥疊聲催促。

薛家糖被那陣長嘯嚇破了膽，渾身冷汗的尋思著：「我剛才眞不要命，我死了沒關係，家中的爹娘可不痛斷了腸？」頓即跪倒在地，連磕了幾個響頭。「小子薛家糖有眼不識泰山，懇請大神恕罪。」

西王母哼了一聲，不再看他，緊盯著黎翠道：「妳現在想怎麼辦？」

黎翠囁嚅：「那花月夜生性頑皮，也許只是因爲好玩……」

西王母厲聲喝斥：「妳眞不知人心險惡，被人騙到死，還只當是遊戲！」

薛家糖鼓起勇氣：「總而言之，不管青妹妹或是花弟弟，我們都應該去把他們找回來。」

「翠兒從未出過此谷，如何找得到他們？」

「有人家啊！」薛家糖一挺胸脯。「外面的世界，人家熟。」

西王母摸不著頭腦：「人家是誰？」

青鳥嘰嘰：「這是他的專用詞兒，『人家』就是指他自己。」

西王母冷笑：「就憑你的本事，又能幹什麼？」

薛家糖一想也對，又洩了氣兒。

西王母忽一皺眉：「把你的手給我看看。」

陰錯陽差的高手

薛家糖的手比最嬌生慣養的黃花大閨女還細、還嫩。

西王母握著他的手，看瞇了眼：「好手，好手，眞是好手！」

青鳥哭道：「報告西王母，您別把它砍掉，它還要幫我梳毛呢。」

薛家糖一陣驚慌。「原來她想砍掉我的手？」

但見西王母憐愛的拍了拍他的手，笑著說：「我怎會廢掉這天下第一巧手？你，叫什麼糖糖是吧？刺個繡給我看看。」

這正是薛家糖拿手的活計，他抖擻精神，運針如風，哪消片刻就繡出了一幅圖畫——西王母站在一棵枯樹前，齜出豹齒仰天長嘯，豹尾翹得老高。

西王母笑得闔不攏嘴：「眞好！眞好！」

薛家糖意猶未盡，又在左上角繡下「西王母振秋圖」。

「好個振秋圖！」西王母滿意至極，抓著薛家糖的手不肯放。「你的資質世所罕見，最適合承我神技。」

青鳥暗笑：「娘娘腔因禍得福，居然被西王母看上了。」

黎翠開心笑道：「糖糖已經讀完了各種醫書，我正在教他您的醫術。糖糖，還不快拜師？」

薛家糖對於所謂的「神技」並無興趣，只是生怕若不順這兇惡老太婆的意，說不準她又會如何折磨自己，只得勉爲其難的先拜爲妙。

薛家糖行完了拜師大禮，西王母便從懷裡取出一排金針：「我先傳你劫穴針法，以後即使碰到武林頂尖高手，也決不落下風。」

說也奇怪，完全沒有武術根柢的薛家糖學起這路針法毫無困難，只花了七天就讓西王母沒東西可教了。

「眞奇怪。」西王母的豹尾納悶的搔著滿頭亂髮。「我的絕活兒居然這麼容易？」

青鳥呱呱：「報告西王母，我們可以去找青兒跟那個花賊子了嗎？」

西王母怒罵：「我就知道，最喜歡在外頭晃蕩的就是你。」

「青兒被騙，我也有責任。」青鳥說得理直氣壯。「我要將功贖罪。」

西王母又掏出幾帖神符交給薛家糖：「這些符可以治住各種妖魔鬼怪。你們去吧，一定要把淨世玉瓶找回來。」

西王母一離去，眾人就迫不及待的收拾行裝，準備出發。

打從八歲開始就困守谷中的黎翠，終於可以離開這裡了，但她來到谷口，望著外面，只感到一片茫然恐懼，比面對最兇惡的病毒還要來得膽怯。

她躲到薛家糖的背後：「我……我們要去哪兒？」

腦中一團漿糊的薛家糖，義不容辭的想了半天，也想不出個道理。

「這還用說嗎？都聽我的。」青鳥振翅就往前飛。「目標，東京！」

天下第一城

大宋首都開封是當今世界上人口最多、面積最大、商業最發達、文明最昌盛的城市，稱之為「天下第一城」一點都不為過。

夜雖已深，大街小巷猶然燈火通明，勾欄夜市照舊遊人如織。

薛家糖出身大城市，對這幅景象僅只讚嘆而已，黎翠卻嚇得連一步都不敢邁。

「翠妹妹，妳怎麼啦？」薛家糖狐疑。

「我……眼花撩亂，頭都暈了，人這麼多，太可怕了！」

薛家糖失笑：「嗨，都是些凡人，有什麼好怕的？」

薛家糖不假思索的牽起黎翠的手就往前走。

黎翠本無禮教男女之防，再者，薛家糖於她而言簡直就跟姐妹一樣，也沒什麼好防的，隨任他牽著自己四處亂逛。

忽見前方人潮洶湧，都往一座大樓裡擠，湊近一看，招牌上寫「進財大酒樓東京分店」。

薛家糖道：「我聽說過這家酒樓，本店在洛陽，名聲頗爲響亮。」
青鳥沉思著：「根據我多年觀察，人類就跟鳥兒一樣，聚在一起嘰嘰喳喳，就是爲了互相傳遞情報，所以那裡面一定可以探到不少消息。」
「那就快進去呀。」黎翠拔腿就往裡走。
薛家糖忙拉住她：「這是妳第一件需要學習的事情——排隊。」

輸贏成敗轉頭空

酒樓內人聲鼎沸，座無虛席。
這家分店開張不到十天，大掌櫃邢進財帶著幾個洛陽本店的老伙計在店內逡巡視察，指點新進人員。
跑堂頭兒張小袞登上前方高臺，高叫：「現在歡迎本酒樓的活招牌——『天下第一樂師』崔吹風出場。」
今晚的賓客多半是進京趕考的士子，俱皆久仰崔吹風的大名，登時掌聲雷動。
一名長相俊秀的年輕人，抱著好幾件樂器上了臺，朗聲道：「九月加開恩科，各路學子過幾天就要入闈了，在此預祝各位金榜題名，不過中了進士也別太高興，因爲你們的家族只是把你們當成光宗耀祖的工具而已。」

臺下士子一陣錯愕之後，繼而拍桌鼓噪，頗有深得吾心之讚。

崔吹風續道：「至於不幸落在孫山之後的考生，千萬別跳樓、跳海，人生若夢，休要太過計較，兩年後捲土重來，爲時未晚；就算不重來也沒關係，因爲這正代表你們終於找到了自己！」

士子們又是一陣如雷喝彩。

「今晚送上一曲〈輸贏成敗轉頭空〉，希望能讓大家秉持平常心，得之勿喜失之勿憂，能答便答，不能答便交上白卷一份，又有何妨？」

在士子們的爆笑聲中，崔吹風十指一揮，輕快的音符猶若千萬隻小精靈，在大廳中跳躍舞動，讓人心胸爲之一闊，天地的邊際突然延伸至想像之外，黑與白、是與非、成與敗、輸與贏，全都變成了不重要的東西，甚至連「重要」或「不重要」也變得沒有任何意義了。

到了末尾，崔吹風獨特的風格又顯現出來，節奏變得更加明快俐落，全是火辣辣的金鐵交鳴之聲，眞個好比大火燃燒、大水沖刷、大地震盪。

從洛陽本店來的洗碗工音兒已升任洗碗房的領班，她從廚房跑了出來，隨著樂聲亂扭亂跳。

大掌櫃邢進財罵道：「只要崔吹風一演奏，妳就跟個瘋子一樣。快回去洗碗，今夜肯定會把妳累癱！」

四印國師

薛家糖與黎翠排在長長的人龍裡頭等了一個多時辰，仍看不出有任何希望。

忽見一個十八、九歲的渾頭小道士走了過來，背上揹著個大葫蘆，手中擎著幅招幌，上寫「雙眼覷破生死關，隻手扭開天地門」，嘴裡唸叨著：「面相、摸骨、測字，樣樣精通；命運、財運、官運，一說就中！來，大嬸，算個命吧？大叔？老伯？」

「小莫道長？」黎翠喜極驚呼。

原來這小道士莫奈何是黎翠少數見過的幾個人類之一。三月間，他與一批英雄遠赴崑崙山除妖，路過百惡谷，跟黎翠有過短暫的交集。

「黎翠姑娘？」莫奈何同樣驚喜。「妳怎麼出谷了？」

黎翠不想提起姐姐的事情，追問著：「那個可愛的櫻桃呢？」

莫奈何的葫蘆裡發出懶洋洋的聲音：「黎妹子，我剛起床哩。」

原來莫奈何的葫蘆裡竟裝著一個由櫻桃變化而成的妖怪。

這櫻桃當年因為生長在樹上的位置絕佳，得以盡量吸收日月精華，七千多年下來，一顆小小的櫻桃竟變成了西瓜般大，並且修得了一些成果，可以化為人形，到處搗蛋做怪。但她仍嫌不夠，還想多多吸取男子的元陽，以更上一層樓，其中尤以處男的元陽最為滋補寶貴，一個處男可以比得上一百二十五萬個隨意亂噴亂射的爛貨。

後來她碰到了莫奈何，一眼就看出他是個百分之百的處男，當然想盡辦法去勾引他，然而直到今天還未能得手，她只好死死的跟定他，還要千方百計的保護他不受別的妖怪荼毒、不受別的姑娘誘惑。

但她的道行有限，膽子又小，既怕水、又怕火，又怕寶刀寶劍、和尚道士，有時候反而需要莫奈何來保護她。

一人一妖處在一種極其微妙的狀態之中。

莫奈何見酒樓外人擠人，便道：「咱們進去慢慢談。」

青鳥咭咭：「你這渾頭好不曉事，我們若進得去，早就進去了。」

莫奈何望了小鳥一眼：「這個小東西想必就是西王母座前的青鳥了，聽說你最愛告密，小心我打你屁股。」

青鳥躲進薛家糖懷裡：「糖糖救我！」

莫奈何笑道：「你們跟著我走，看誰敢攔？」一馬當先，領著他們大剌剌的走入酒樓。

大掌櫃邢進財笑嘻嘻的趨前恭迎：「哇呀，四印國師駕到，本小店蓬蓽生輝。」

莫奈何出身括蒼山玉虛宮，除了洗衣、掃地、挨揍之外，並沒啥本領，但憑藉著神仙都給不了的好運氣，九個月內竟接連受封「大宋」、「大遼」、「高麗」、「夏國」四國國師，當真是千古第一人！

刑進財親自把他們引入一個上等座頭。

莫奈何悄聲道：「你們別小看這個大掌櫃，外表只是個見錢眼開的市儈，卻沒人知道他乃天神『刑天』第三百零二代子孫，三月間也曾至崑崙山除妖，讓人類得以延續主宰世界的命運。」

三人剛剛落座，就見邢進財又引入一人，竟是當今武林三大劍客之一的「劍王之王」項宗羽。

引胖子上鉤的辦法

項宗羽跟莫奈何是併肩作戰的戰友，見了面，自然格外親熱。

「項大哥怎麼也到開封來了？」

項宗羽道：「我聽說鬧天鷹曾在長安鬧事，便追了過去，又聽說他被一個胖妞打得大敗，鎩羽逃來開封……」

薛家糖嘴快，指著黎翠道：「那胖妞就是她的姐姐。」

「原來就是黎青姑娘？」莫奈何猛一擊掌。「她的本領，我也見識過，絕對是史上最強的胖子！今天怎麼沒跟你們在一起？」

黎翠輕咳一聲：「她……不知跑到哪裡去了，我們也正在找她。」

莫奈何笑道：「要找她還不容易？等一下我叫邢大掌櫃在店外貼出一則布告：『全東京最好吃的甜點全新上市』，保管不出三天，妳姐姐就上鉤了。」

黎翠、薛家糖的眼睛都亮了：「小莫道長果然有辦法。」

莫奈何又對項宗羽道：「項大哥也放一百個心，我明天就到街上去晃晃，只要那鬧天鷹還在開封，我一定能把他揪出來。」

項宗羽走後，薛家糖問道：「這位項大俠爲何要追殺鬧天鷹？」

莫奈何道：「他少年時就被送到三大劍派之一的『雁蕩山』去習劍，後來仗劍行走江湖，大小一百二十九戰未逢敵手。掌門人『逍遙子』有意栽培，把自己的愛女嫁給了他……」

青鳥道：「這就叫作明日之星。」

莫奈何搖頭大嘆：「唉，誰想得到……慘哪！那中原五兇結隊橫行天下，不知屠掠了多少鄉鎮村莊，兩年前他們攻入『項家莊』，見物就搶、見人就殺，項家莊全莊上下五百多口，十不存一，項大哥的妻子甚至被先姦後殺，死狀慘不忍睹。一個躲在暗處的小孩目擊整個過程，說那兇手的左上臂有著龍紋刺青。所以項大哥這兩年展開天涯海角的追逐，非把這五群惡賊殺盡不可！」

黎翠只覺毛骨聳然，才剛踏入眞正的人間世界，就聽到這麼多血淋淋的恩怨糾纏，她心頭一陣迷惘。「出谷的決定是對的嗎？」

劍作大將

翌日一早，莫奈何先帶著黎翠前往「軍器監」。

森嚴的作坊內，忙碌的工匠們打造著各種軍械。

東側有一個獨立的小院落，裡面只有一位「劍作大將」，便是當今世上唯一的女性鑄劍師——梅如是。

三月間，梅如是也曾到過百惡谷，與黎翠是舊識，兩女見了面，自有一番喁喁絮語，莫奈何則一逕在旁陪著傻笑。

櫻桃妖在葫蘆裡恨恨罵道：「沒事就找藉口跑來這兒歪纏，人家又不理你，幹嘛盡拿熱臉去貼人家的冷屁股！」

原來莫奈何暗戀梅如是已經到了病入膏肓的程度。櫻桃妖想要騙取莫奈何的元陽，梅如是就是最大的阻礙，但梅如是學有專精，一心放在鑄劍之上，對於莫奈何這個渾頭小子一向不太搭理，這也是櫻桃妖至今還能容忍她的主要原因之一。

薛家糖乾咳不已：「櫻桃姐姐爲何出言如此粗魯？」

櫻桃妖罵道：「干你屁事？我對你這娘娘腔可沒興趣！」

薛家糖嘴一扁，就想哭：「人家還沒看見妳的臉，就被妳罵成這樣，將來萬一妳從葫蘆裡跑出來，我豈不是連命都沒了？」
櫻桃妖聽得雞皮疙瘩起了滿身：「又是哪裡來的活寶？」
莫奈何不願他倆在此胡言亂語，忙道：「咱們上街逛逛去。」

十二星宮

莫奈何一上街，就拿出了自己的老套路，嚷嚷著：「面相、摸骨、測字，樣樣精通；命運、財運、官運，一說就中！來，大嬸，算個命吧？大叔？老伯？」
喊了半日，只沒半個人招呼他，卻有一名賣菜的老婦人嘲笑著：「如今誰還喜歡面相、摸骨、測字？都去算十二星宮啦！」
「十二星宮？是啥玩意兒？」莫奈何連聽都沒聽說過。
「孤陋寡聞。」老婦人往前一指。「他就在那兒，你看生意多好？」
果然，前方一個書生模樣的人坐在一張小桌前口沫橫飛，旁邊圍著一大群人，都在等待命運的指點。
莫奈何不服氣：「我倒要看看他有多厲害？」
「我對十二星宮也有研究，過去考考他再說。」櫻桃妖從葫蘆裡鑽了出來，化身成爲一個粗壯大娘，屁股渾似水缸，臂膀比常人的大腿還粗兩倍，一張血盆大口能把人類的整顆頭顱都吞進去。

嚇得薛家糖哭爹叫娘：「好姑姑，妳別打人家！」

櫻桃妖懶得理他，兩三個大步擠入人叢，把那一大群人撞得東歪西倒，一面發話道：「你這書生，姓啥名誰，快快道來！」

那書生楞呆半晌：「在下姓蘇名透。」

櫻桃妖冷笑道：「你說你懂十二星宮，我且問你，這十二星宮發源於何處？」

蘇透道：「發源於天竺……」

「非也非也！」櫻桃妖大搖其頭。「十二星宮又稱黃道十二宮，發源於西方古國『巴比倫』，後來才傳入天竺，並滲入佛經當中。中唐時期譯出的《熾盛光佛頂大威德消災吉祥陀羅尼經》，卷首圖就是一幅環狀的十二星宮圖，與中原舊有的二十八宿對照。你所依據的不過是四年前出刊的《大隋求陀羅尼經咒》，有啥稀罕？」

「非也非也。」蘇透亦搖著頭。「在下依據的乃是道教經典《靈寶領教濟度金書》，上有紫府醮三十六分位……」

櫻桃妖冷笑：「就那什麼『左班有寶瓶宮土德星君、人馬宮木德星君、天秤宮金德星君、獅子宮太陽星君……』等等等等，對不對？」

蘇透不料這鄉巴佬大娘竟連道教經典都能背誦如流，驚得有點呆了。

櫻桃妖又道：「我再問你，唐朝的大文豪韓愈是何星宮？」

蘇透更楞了：「這……又如何得知？」

櫻桃妖口若懸河：「韓愈曾寫過一首〈三星行〉：『我生之辰，月宿南斗，牛奮其角，箕張其口。牛不見服箱，斗不挹酒漿，箕獨有神靈，無時停簸揚……』總之，意思就是說他出生的那一天，月在斗宿，牽牛星聳動其角，箕星大張其口，既不見牽牛星拉著豪華馬車，也不見斗宿裝著美酒瓊漿，唯有箕星獨顯神靈，致使他顛簸一生。」

旁觀人眾齊聲喝彩：「大娘真是學富五車啊！」

櫻桃妖得意洋洋：「二十八宿的『斗宿』正好對應十二星宮的『魔羯宮』，從此詩的『月宿南斗』，便可推知韓愈是魔羯宮。」

蘇透不得不俯首：「大娘博學，在下佩服。」

莫奈何被挑起了一些興趣，發問道：「那我是什麼星宮？」

「請問閣下生日？」

「我是辛卯年七月十五生的，師父總說我是鬼門開的時候放出來的小鬼。」

蘇透搶先掐指一算：「辛卯年七月十五，換算成太陽曆是八月二十九，所以你是處女宮……」

櫻桃妖色迷迷的瞟了莫奈何一眼，哼笑道：「他是處男宮才對吧？」

「處男宮？」蘇透瞠目。「焉有此宮？」

莫奈何因蘇透是道教子弟，便起了幾分好感：「咱們算是道友，有空多切蹉切蹉。」

蘇透搔了搔頭：「在下並非入門弟子，只因兩個多月前，一個號稱『長乘天尊』的邪魔害得我好慘，幸虧被『上清宮』的道長救下。」

櫻桃妖心知「長乘」乃崑崙山眾神之一，不禁好奇：「長乘怎樣害你？」

蘇透傻笑：「這……不好說。只是他有條狗尾巴，弄得人好不心煩意亂！」

致命紅豆湯

莫奈何算完了命，繼續帶著薛家糖在大街上探尋鬧天鷹的蹤跡。

櫻桃妖又鑽回了葫蘆裡，薛家糖悄聲道：「小莫哥哥，這個大娘好可怕哦。」

莫奈何笑道：「她有三種化身，另外兩種可會讓男人的口水流不停呢。」

話沒說完，就見書生顧寒袖站在一個賣紅豆湯的小販前流口水。

莫奈何趕忙高叫：「顧兄，去年的教訓還沒受夠嗎？」

原來這顧寒袖乃「江南二大才子」之一，去年進京應試，掄元應無疑問，但他就在入闈的前一天，貪喝了一碗紅豆湯，鬧得他連瀉數日，差點連命都沒了。

「嗨呀，小莫道長，別來無恙？」

莫奈何道：「我只怕你有恙。」

「我……」顧寒袖望著今生最愛的甜品，兀自猶豫。「只喝一小碗，成嗎？」

「好不容易今年加開恩科，難道你又想被這東西葬送前程？」

「那……就只一小口，行唄？」

旁邊一個乞丐嘆道：「去年沒毒死你，算你命大。你眞是不見棺材，只見紅豆湯！」

莫奈何轉目一看，驚呼出聲：「芝麻李？你還沒死呀？」

這芝麻李本是一個浣熊妖，但命運多舛，如今弄得雙手殘、右腿瘸，只餘獨目。

顧寒袖咳了一聲：「閣下用『毒』之一字，似乎太言過其實。」

芝麻李冷哼不已：「可笑你至今猶未覺悟，你知不知道，去年你食物中毒，根本是被奸人所害！」

莫奈何、顧寒袖都是一驚。「奸人是誰？」

「當然就是那『第五公子』俞饑至了。」

莫奈何猛一跺腳：「又是他！」

顧寒袖緊張追問：「他爲何要毒我？」

「毒倒了你，去年的狀元就是他手下的人馬，現在可在朝中位居要津呢。」

薛家糖皺眉問道：「第五公子？那前四個公子是誰？」

莫奈何道：「大家都說自從『戰國四公子』之後，就沒一個像樣的公子，直到這俞啖至出世……」

薛家糖露出嚮往的神色：「這位哥哥想必又英俊、又瀟灑、又風度翩翩……」

芝麻李呸道：「你一定要說得這麼噁心嗎？」

顧寒袖切齒：「此人狼子野心，人人得而誅之！」

莫奈何道：「六月間，他想趁著洛陽拳鬥大會刺殺皇上，被洛陽總捕姜無際識破，後來朝廷派出大軍毀了他的『天下第一莊』，他也不知躲到哪裡去了？」

芝麻李道：「狡兔尚且有三窟，何況是他這麼個陰謀家。他跟他的總管單辟邪早已來至開封，另有好幾處據點，雖然沒有原先的天下第一莊那麼豪奢，但也夠嗆了的，跟隨著他的賓客也仍有上千人。」

顧寒袖道：「既如此，吾等就該快快報官捉拿他才是。」

只聽旁邊一人沉聲道：「既如此，我就該快快取下你們的腦袋才是！」

眾人迴目望去，發話者鷹目勾鼻、身材瘦削，竟是鬧天鷹。

「我的娘喂！」薛家糖嚇得躲到莫奈何背後。

莫奈何、顧寒袖不知他是誰，皺眉道：「閣下何出此言？」

「你們是什麼東西，也敢詛咒、詆毀俞公子？」

莫奈何笑道：「原來是俞燄至的爪牙？快躲回你的窩裡去吧。」

「別……別惹怒了他！」薛家糖渾身顫抖。「他就是鬧天鷹！」

莫奈何恍然大悟。「原來中原五兇的幕後指使者也是俞燄至？項宗羽大哥的血海深仇，終於找到正主兒了。」

鬧天鷹目射兇光：「你是項宗羽的同夥？今日須留你不得。」右手一抖，碎雲神鞭已捲向莫奈何頸項。

娘娘腔一戰成名

莫奈何完全不會武功，但手腳還算敏捷，著地一滾，避開了這奪命一擊。

他這一滾沒關係，可把原先躲在他背後的薛家糖露了出來，長鞭來勢未歇，直掃薛家糖面門。

「媽呀！」

薛家糖的手順勢一揮，剛剛學會的西王母針法應念而生，三支金針合併射出，正擊在鞭梢之上，竟把這武林第一霸道的兵器打偏了。

鬧天鷹這一驚，簡直快驚昏了腦袋！

他在長安的甜水街見過薛家糖，那時不過是個愛哭的娘娘腔，怎麼現在變得這麼厲害？

薛家糖雖贏了這招，卻比鬧天鷹更爲驚訝，這是他第一次出手對敵，萬沒料到威力竟如此強大！

莫奈何翻身站起，鼓掌大叫：「好小子，眞好樣的，果然不愧百惡谷的威名。」

鬧天鷹心想：「這小子應該是那胖妞兒的徒弟，我打不過師父也還罷了，難不成連這沒個男人樣的傢伙都打不過？」

膽邊惡念陡漲，長鞭雨點似的灑了過去。

薛家糖沒有黎青或花月夜那樣的輕功根柢，便只站著不動，十根靈巧的手指，指揮著十根金針，忽左忽右、忽快忽慢、忽刺忽挑，把鬧天鷹當成了一幅絲緞，刺繡般的盡往他身上穿梭招呼。

鬧天鷹更矇了。「這小子怎麼比那胖妞還厲害？」

走不出十招，他便知道如果再不逃，他這鬧天鷹遲早會被繡成一隻「落翅流鶯」。

「臭小子，老爺今天沒空，改天再取你性命。」打著如此冠冕堂皇的退堂鼓，鬧天鷹落荒而逃。

「糖糖好厲害呀！」青鳥崇拜不已。

薛家糖呆站原地傻笑。生平首次看見有人在自己面前狼狽敗退，驚詫之餘不免有一些小小的得意，且還沒意識到此人乃是當今武林一等一的高手！

莫奈何也覺得不可思議：「瞧薛糖糖兒的身手，似乎比黎氏姐妹還高出一些，我上次去百惡谷怎麼沒看見你呢？」

青鳥高調宣稱：「他是西王母一萬年以來最厲害的徒弟，而且只學了七天就出師了。」

櫻桃妖好心建議：「既是武林頂尖高手，你以後說話的腔調得改一改，更別再滿口什麼人家、人家了。」

薛家糖從善如流：「好嘛，人家以後不說人家了嘛。」

心好甜

進財大酒樓的老伙計張小衰遵照大掌櫃的指示，剛剛把「全東京最好吃的甜點全新上市」的布招掛在門口，一個身材有如酒桶的胖姑娘就湊了過來。

「你們這甜點有什麼新鮮名堂？」

其實這告示只是個引人入彀的幌子，酒樓的廚師根本不會做甜食。張小衰乾咳一聲，信口胡掰：「我們這甜品呀，有個名目，叫『心好甜』……」

那姑娘一聽，嘴角邊上就淌出了幾滴口水：「嗯，光聽這名字就覺得很好吃。」

張小袞愈發胡謅：「外皮油炸，又酥又香又脆，餡兒心可是八寶的……」

「八寶餡兒有好吃的嗎？」胖妞兒僅只聽這幾句，就知他只是糊弄人，胖臉一沉，冷哼道：「好了，你別說了，想騙誰呀？我可是吃甜的行家。」

張小袞暗忖：「她應該就是小莫道長想找的什麼黎青了。」陪著笑臉道：「其實，不管什麼都比不上姑娘您的心最甜。」

「你管我的心是甜是鹹？」黎青沒好氣的瞪他一眼，張小袞仍慫恿：「請您進來坐坐，無論您想吃什麼，我們一定料理得出來。」

「我只想到你們的後院瞧瞧。」黎青說著就從側門走了進去。

被細菌嘲笑的左大夫

進財大酒樓的原址名為「積金窟」，是一個崔姓富豪的宅院，後來家道中落，後院竟化作一個臭水池塘，自然成為細菌病毒的大本營。

邢進財買下這片產業之後，把池塘填平，但那塊地上不論種植什麼花草都活不了，甚至經常蒸騰出腐臭味，因為許多細菌仍依戀著老家，不願離去。

黎青來到後院，盡往暗處去走，不久便看見一個渾身長著綠毛的小傢伙坐在一團爛泥巴上摳腳趾。

「毛溫，你好愜意嘛。」黎青逼上前去。

名喚「毛溫」的小子驚慌欲逃，但下一刻他鎮定下來，皮皮的笑著：「原來是左大夫駕到，有失遠迎，望祈恕罪。」

黎青冷哼道：「你別跟我打哈哈，你又害了多少隻貓？」

原來這毛溫就是極缺德的貓瘟。

今年五月間，他在大遼國境內肆虐，弄得愛貓成癡的蕭太后差點命喪黃泉，幸虧黎青把他抓住，挽救了不知多少貓兒的性命。

黎青又逼近一步：「是小花兒把你們帶出百惡谷的？」

「小花兒？」毛溫明顯裝傻。「小花兒是誰？」

黎青鐵青著臉，舉起手掌：「你是不是不想活了？」

毛溫哈哈大笑：「左大夫，妳已沒有了淨世玉瓶，我還怕妳個卵？」

黎青被他窺破弱點，既惱怒又心虛，但她常年在外闖蕩，還算有點江湖歷練，腦筋一轉，冷哼道：「我已經跟小花兒言歸於好，是他要我找你回去，他現在正在『啓聖院街』的那間客棧裡等我呢。」

細菌到底是細菌，沒啥頭腦，毛溫順口便道：「花公子明明住在『水櫃街』，爲什麼又搬去了啓聖院街？」

沒等他說完，黎青就已走不見了，留下毛溫還在那兒嘀咕不已：「水櫃街客棧的房錢不是已經付過了嗎，爲何又轉去別間？花公子未免太沒有理財觀念了。」

原來是個憤青？

花月夜不愛吃葷，在百惡谷的那段日子裡，他都跟黎氏姐妹一起以野菜爲生。現在他又坐在水櫃街客棧房間的桌前吃著白米飯配青菜。

猛然，背後響起冰冷的語聲：「小花兒，你有沒有什麼遺言要交代的？」

花月夜沒有回頭，眼淚先流了出來：「青姐，我不該騙妳，但是……」

「把淨世玉瓶還給我。」

花月夜乖乖的從懷裡掏出玉瓶，放在桌上。

黎青緩緩舉起右手掌，按住花月夜的頂門，但下一刻她卻猶豫了：「小花兒，你可不可以告訴我，你這麼做有何用意？」

花月夜頽然嘆氣：「我現在辯解還有用嗎？」

黎青怒道：「我就是要聽你辯解！」

花月夜苦笑：「只是一個膚淺的念頭——我想懲罰那些爲富不仁的傢伙。」

黎青皺眉道：「我曉得你在長安的作爲，但這跟你偷走細菌又有什麼關係？」

花月夜面有憤恨之色：「我想讓他們統統病倒！」

「我不知道你的憤怒從何而來？」黎青嘆了口氣。「我也看不慣某些富豪總是欺壓窮人，但就這樣把他們統統害死，不會太喪盡天良了嗎？」

花月夜窒了半晌，方道：「我沒想把他們害死，我是想給他們一些教訓，然後我開一家醫館，再把他們醫好。」

「說來說去，原來你是想藉此發財？」黎青驟然變色，右手又舉了起來。

花月夜俯首等死，但黎青又頓住了，手掌不停的發抖，顫聲問道：「你……這輩子還有什麼遺憾的嗎？」

「青姐，我……只遺憾沒有達成妳的期望。」

黎青渾身一震，厲聲道：「你胡說！你應該是想達成翠兒的期望吧？」

「不！其實我……」花月夜轉頭凝視黎青，深邃的眼中透出磁鐵般無限柔情。「青姐，難道妳不知我的心？這些日子以來，我最思念的人就是妳。」

「你騙人！」黎青又高高舉起手臂，但緊接著，她嚶嚀一聲，抱住了花月夜的脖子。

「小花兒，你說的是眞的嗎？」

花月夜握住她的手，把頭埋在她的小腹上摩挲著：「我早就可以離開百惡谷，但我故意賴著不走，就是因爲……因爲我想一直待在妳身邊。」

「哦，小花兒……」黎青的眼淚流了出來，更緊的抱住他。

因爲體格太胖而得不到男人的眼光，從小「胖妹」、「胖妞兒」等等的綽號如同牛皮糖般的纏住她，她只好以冷漠的態度掩飾自卑、以刻薄的言詞強化自尊。她早已拋棄對於愛情的憧憬，但她不明白，這東西是拋不開的，愈想把它拋得遠，它愈會跑回來躲藏在靈魂的最底層，伺機而動。

「小花兒，我有什麼値得你愛的？」黎青止不住崩流而出的淚水，那不是悲傷，而是最深、最眞摯的喜悅與感激。

花月夜溫暖的嘴唇貼在她耳邊呢喃：「青姐，我就是喜歡妳這種身材……」他的手開始在她身上遊走，呼吸沉重而急促。「就跟棉花糖一樣。」

「你……」黎青喘息著，輕輕刷了他一記耳光。「你不怕我壓死你嗎？」

「那就壓壓看吧。」

花月夜抱起黎青，兩人像拆不開的痲花捲似的滾上了床。

花月夜的計畫

激情過後的夜晚，總是特別寧靜。

黎青把頭枕在花月夜赤裸的胸膛上，她已經找到了終身的歸宿，許多想法便在她心中海藻般的蔓延滋長，他們要生幾個孩子？住在哪裡？做什麼營生？

這些想法讓她興奮到極點，她挺起上半身，環抱住花月夜的頭，直視他的眼睛：「小花兒，你對將來有什麼計畫？」

「這世道。」花月夜又露出憤青本色。「沒有錢，走到哪兒都被人看不起，所以賺錢最重要。」

黎青對於這方面可是毫無概念：「怎麼賺呢？就像你說的，把人弄病了，再把他們醫好？這樣可太缺德了，萬一被師傅知道……」

在黎青對日後生活的壁畫裡，西王母是最大的壓力，她會同意這件事嗎？

「當然，我們只派細菌去害那些爲富不仁的富豪。」花月夜沉吟著。「所以我們可以想想看，這種人最喜歡去哪裡？」

黎青仍無頭緒。

花月夜詭譎的笑了笑，喃喃著：「梅度該出任務了。」

梅毒回老家

「春滿園」是東京最大的妓院。

還未入夜，「點花大廳」就塞滿了尋芳之客。

老鴇兒花椒姨懷著一慣殺豬屠羊的心情，笑迷迷的招呼各路來的牲口，嘴裡叫著：「王老爺，您的精神好旺呀！」心裡則想著：「今天要被我宰多少哇？」

如此這般的巡了十幾轉，眼睛倏然一亮，因爲門口走入了兩個上等貨。

這兩名老頭兒的穿著並不特別，但見他們走進來的架式，簡直就像走入自家宅院一樣熟稔，便知他倆是煙花巷的常客。

花椒姨花裡不搭的迎上前去：「兩位大爺高姓大名？」

右首那名員外模樣的老頭兒笑嘻嘻的說：「我乃河東人氏，姓梅名度。」

左首那名儒者打扮的老頭兒莊重的沉聲道：「我叫林白卓。」

他倆經過花月夜的刻意改造，已無復在百惡谷時的那副爛模爛樣。

「原來是梅老爺、林老爺。」花椒姨笑得眼睛都不見了。「您兩位啊，一看就知道是此道高手。」

梅度笑道：「當然當然，我們可說是從小就在妓院長大的。」

「喲，那就是您倆的不對了，爲什麼從來不光顧我們呢？我們春滿園是東京最大的一家，貨色最齊全，不管您要清純玉女型的、妖豔風騷型的、多才多藝型的、成熟少婦型的……我們統統都有。」

林白卓莊重的道：「若能合吾意，日後自會聞香下馬、知味停車。」

「是嘛是嘛，包君滿意，快請入座。」

春滿園的規矩跟別處不同，來客都先坐在點花大廳內品茗飲酒，各色妓女則不時出來晃悠幾轉，客人若看中了，便開始喊價，跟拍賣大會一樣。

梅度、林白卓剛剛坐下，大門外又進來了三個渾身金光閃閃的土財主。

花椒姨的眼睛又瞇不見了：「唉喲，三位老爺，好久不見了。」

居中的胖子嗤笑道：「什麼好久不見，我們根本沒來過。」

左邊一個賊頭賊眼的笑道：「咱們是從長安來的，唉，咱們那兒的妓院可比這裡大上三倍。」

右邊一個形若病鬼的哼道：「而且我保證價錢比這裡便宜三倍。」

花椒姨心下暗怒，臉上的笑意卻更濃了：「既然是長安來的貴客，小店自然會額外招待。還沒請問三位老爺貴姓？」

病鬼道：「老子姓汪。」

賊樣兒的道：「大爺姓蔣。」

胖子道：「本大爺我姓彭。」

原來這三人就是彭摳蚊、蔣摳針、汪摳門。

梅度悄聲道：「這三個大概就是僱請殺手追殺花公子的人了。」

林白卓冷笑：「眞是冤家路窄，今晚定要他們吃不完兜著走。」

正巧，彭、蔣、汪三人就被安排在他倆隔壁桌上。

梅度朝他們行了一禮：「三位爺，好啊。」

彭摳蚊等人見他倆衣著樸素，根本不想搭理。

梅度恨恨的對林白卓耳語：「本來只想讓他們得個二期梅毒，這下非送給他們三期不可了！」

人肉拍賣大會

妓女們走馬燈似的出來了。

彭、蔣、汪三人看得眼珠暴突，顯然首都開封的貨色比長安強得多，但他們嘴上仍不肯承認：「唉，這種行貨子也好拿出來獻寶，丟人丟人！腰這麼粗，倒胃口倒胃口！聲音這麼難聽，等下叫床可不嚇死人了？」

品頭論足了半天，都看上一個叫作阿珠的妓女。

「三兩半！」汪摳門心一狠，出了個他心目中的天價。

整個點花大廳裡的客人都鬨笑起來：「你當這兒是黑水溝旁邊的私娼寮？三兩半還不夠你們的茶資呢。」

梅度立即火上潑油：「長安來的就這點氣魄？唉，漢唐時期聲威遠播的長安，如今已變成貧民窟囉。」

滿廳賓客又是一陣爆笑，其中尤以花椒姨的笑聲最爲開心。

彭、蔣、汪三人的臉都氣綠了。堂堂長安怎麼能讓開封人看扁了呢？開封是什麼東西？不過是個流氓之都！

蔣摳針狠瞪了汪摳門一眼：「我跟這位汪先生並不熟，他的劣跡別算在我們長安人的頭上。」

梅度緊跟著再出招：「也是！長安人怎會如此慳吝？蔣大爺當然是有派頭的。」

蔣摳針騎虎難下，只得顫巍巍的伸出五根手指頭。

眾賓客都有點服氣了。「五百兩？」

蔣摳針嚇了一大跳，疊聲辯解：「不不不，是五兩。」

唉，就別提廳中的騷動了。

花椒姨嘆了口氣：「不管怎麼說，我們開封還是有待客之禮的。」

手一揮，一名婢女便端著茶盤向他們那桌走過來。

汪摳門剛剛聽說這兒的茶資不便宜，趕緊擺手：「我們不喝茶。」

花椒姨笑道：「我們這兒的規矩，進門就有茶資，一人四兩半。」

彭、蔣、汪三人楞住了。

喝茶就要四兩半？簡直比崆峒派、華山派、七殺門的那些傢伙還強盜！

偏偏，婢女端著茶盤走過來的時候，隔桌的梅度、林白卓正好一起打了個噴嚏，有些飛沫飛進了茶杯裡。

婢女合拍合度的斟上茶：「三位老爺請用茶。」

彭、蔣、汪等三人雖然覺得噁心，但這茶可已花了四兩半，不喝豈不是虧大了？不得不硬著頭皮喝下去。

三人不但喝，還搶，生怕別人比自己多喝了一口。

梅度笑道：「慢點慢點，多喝一口又不會多長一塊肉？」

嫖客們又是一陣調侃嘲弄。

林白卓笑道：「聽說這三位最喜歡『摳』，連蚊子的腳都要摳呢。」

彭摳蚊心忖：「這可是衝著我來的。」放下杯子，也把手一攤，豎起了五根手指。

賓客們嗤笑道：「彭大爺也出五兩？」

彭摳蚊哼道：「本大爺我出五萬兩！」

大家一楞之後，都深深懊悔自己得罪了這個大財主，忙不迭的送出各種阿諛之詞。

阿珠覺得光彩極了，人生最重要的轉捩點終於降臨了！她挨到彭摳蚊身邊，已經把自己當成了他的小老婆。花椒姨則開心得快要暈倒。
彭摳蚊喝乾杯中茶，冷靜的站起身子。
花椒姨笑道：「喲，彭大爺眞猴急，這就要進房辦事啦？」
「不，五萬兩的帳先記著，我明年再來。」
梅度擊掌大笑：「不急不急，我想您明年一定會來的——如果您還來得了的話！」
就在大家的噴笑聲中，三個土財主仍硬挺著頸項，走出了這個強盜窩。

摳東摳西的下場

彭摳蚊、蔣摳針、汪摳門三人走在大街上，彭摳蚊一逕捧著心窩，像是心臟病快要發作。
「彭兄，你怎麼啦？」
「我心痛得很！」彭摳蚊都快哭了。「白花了五萬兩銀子，你不會心痛嗎？」
蔣摳針、汪摳門都楞住了。「可……你又沒眞的花下去？」
彭摳蚊跌足道：「雖然沒花，但還是心痛啊！」說著，猛力打了自己的嘴巴一下。「隨隨便便就說什麼五萬兩，造孽！」又猛打了這張賤嘴十幾下。
汪摳門嘆道：「我們每個人都花了四兩半茶資，這才更心痛呢！」

蔣摳針哭道：「唉呀，你沒事提這個幹嘛？」

彭摳蚊搥胸頓足：「我活不下去了，我……我……我要去自殺！」

汪摳門頹然道：「我們來這裡，本是想找更厲害的高手去追殺花月夜，沒想到京城眞不好混，住宿貴、飲食貴，旅費更貴！」

「尤其妓院貴得不像話……」蔣摳針話沒說完，就覺得臉上怪怪的，伸手一摸，竟長出了幾個水泡。「還長這什麼東西？」

汪摳門望著彭摳蚊：「彭兄的臉上也有，莫非是水土不服？」

彭摳蚊只急著往暗處走。

蔣、汪二人大叫：「彭兄別自殺！」

「呸呸呸，我尿急。」

三人找了個隱祕角落，一字排開尿尿。

彭摳蚊才只尿了幾滴，就皺眉道：「我怎麼……會痛？」

蔣摳針、汪摳門也都擠歪了半邊臉。「我也會痛。」

好不容易尿完，汪摳門又驚呼：「你們兩個臉上的水泡怎麼都變成爛瘡了？」

「你也是一樣！」

三人還發現前胸皮膚上長出許多紅色丘疹，迅速蔓延全身。

「這是怎麼回事？」

三人慌了手腳，幸好旁邊不遠處就有間醫館，連忙衝了進去。

大夫只瞄了一眼，便冷冷的說：「你們這是風流病。」

汪摳門大驚：「說這什麼話？我們根本都還沒風流到。」

蔣摳針鬱悶：「只在腦子裡風流了一下。」

彭摳蚊痛哭：「還花了五萬兩銀子！」

大夫拉長了臉：「這事兒可嚴重了。京師久未出現梅毒、淋病的病例，萬一傳染開來，還得了？必須報官處理！」

張小衰與大掌櫃無比深奧的對話

進財大酒樓今晚又是個滿座之夜，但大家的神情都有些凝重，竊竊討論著剛剛聽到的傳聞。

邢進財正陪著莫奈何、黎翠、薛家糖在包廂內聊天，張小衰跑了進來：「掌櫃的，出大事了！」

邢進財不免緊張：「又有誰被殺了？」

「不是啦，」張小衰瞟了一眼黎翠，附在邢進財耳邊道：「大家都在瘋傳，有人去春滿園玩兒，結果得了性病。」

邢進財皺眉：「那個人別就是你吧？」

「我一直謹遵掌櫃教誨，怎會跑去那種地方？」張小衰涎笑。「大家都說京城早已沒有性病，現在一聽這傳聞，大家都緊張了，尤其，這個月來趕考的士子這麼多。唉，說不定就是那些讀書相公帶來的，白天熟閱聖賢，晚上盡覽煙花。」

莫奈何、黎翠、薛家糖都不懂什麼是性病、何者是煙花，只覺得他倆的對話暗藏玄妙，深蘊大道。

青鳥呱呱大叫：「我們不是想找細菌嗎？現在目標出現了，還不快點行動？」

黎翠等人聞言，不管三七二十一的衝了出去。

邢進財攔阻不及，跌足道：「他們幾個怎能去那種地方呢？」

張小衰笑道：「您放心，有櫻桃妖那個妖怪祖宗坐鎮，能出什麼差錯？」

天下第一處男逛妓院

春滿園的生意並未受到太大的影響，因爲大多數的嫖客都認爲自己百毒不侵。

當莫奈何等人走入高朋滿座的點花大廳的時候，拍賣大會還沒開始，眾人的眼光全都集中在了黎翠身上：「哇！這麼好的貨色？等下可要傾家蕩產的競標了！」

花椒姨則滿腹疑惑，上前悄問：「您……也是來嫖的呀？」

黎翠被問得瞠目結舌：「瓢？我們谷裡只有杓。」

薛家糖曾在西王母面前誇口「外面的世界，我熟」，但這幾天下來自己都苦無表現的機會，此刻便搶先大聲道：「人家是來找人的。」

他那柔嫩的語聲，馬上就得到幾個嫖客的回應：「小伙子，你是來找我的吧？來來來，坐在我的大腿上。」

薛家糖噘嘴不解：「人家有椅子坐，爲什麼要坐在你的腿上？」

嫖客們更騷動了。「花椒姨，我要這個，一百兩！我兩百！我兩百五！……」

葫蘆裡的櫻桃妖暗笑：「這些人沒見過眞正的上等貨，且讓他們開開眼界。」化作一股紅煙，鑽出葫蘆，飄到外面無人的地方，再凝聚成三種化身之一的少女造型，只見她粉粉臉蛋捏得出水，纖纖細腰握不滿把，汪汪雙眼勾魂，隆隆酥胸懾魄，更不知其他地方有多厲害。

她輕移蓮步，俏生生的走入點花大廳。

櫻桃美少女的威力果然不同凡響，一進去就把所有的注意力都吸引過來。

「哇！花椒姨，我要這個，一千兩！我一千一！我一千兩百五！……」

花椒姨還在納悶，自己手下何時冒出這麼個極品？

櫻桃妖已走到莫奈何身邊，一手搭住他肩膀：「我啊，要找百分之百的處男。」

莫奈何咳了一聲，唉道：「櫻桃，妳別鬧了。」

一個諢名「大管」的嫖客忍不住跑到櫻桃妖身邊，並開始動手動腳：「小娘子，跟我走，我一定把妳從日包到夜、從頭包到腳。」

櫻桃妖笑道：「喲，你是處男嗎？」

大管呸道：「處男管什麼用？只有我這種沙場老將才能讓妳高潮不斷。」

櫻桃妖哼道：「你夜夜不虛，還有什麼用？」

「嘖！妳這個一口氣就會被吹飛的小丫頭，怎麼說起話來跟個老妓女一樣？」

「我一口氣就會被吹飛？」櫻桃妖嫣然一笑。「這樣吧，你讓我吹一下，如果還能站得穩，就代表你下盤結棍，我當然就是你的人了。」

眾賓客轟笑如雷：「小姑娘別吹錯了地方！」

櫻桃妖笑得更媚：「那你站穩囉。」

大管的體重起碼一百八十斤，平常人用盡全力都未必推得動他。

櫻桃美少女噘起了櫻桃小嘴，那模樣眞是可愛極了！她生怕吹壞了人家似的輕輕吹出一口氣，大管立時倒飛出去，撞在後面的牆壁上，弄得粉屑滿天飛揚。

廳內眾人都呆住了。

薛家糖一縮脖子：「櫻桃姐姐好厲害！」

青鳥也嚇得發抖：「我們怎會跟這妖怪成了同路人？」

大管還有兩個同伴，不識好歹的衝了過來。

莫奈何好心攔住：「你們還要不要命？」

「小道士滾遠點！」那兩人舉拳就想打。

嫖客中有那認識莫奈何的，立馬高叫：「這個小莫道長乃是四印國師，你們惹得起嗎？」

眾人又楞矇了。

就在這時，梅度、林白卓樂滋滋的步入大廳，一面打著哈哈：「花椒姨，今天有什麼好花可點啊？」

黎翠一眼看見他倆，當即衝了過去：「梅度、林白卓，你們還想往哪兒逃？」

那兩人一看見黎翠，腳都軟了，咕咚跪倒。「右大夫？妳怎麼會來這裡？」

廳內眾人又傻了。「這位最美的姑娘怎麼竟像是個煞星？」

黎翠喝斥：「你倆乖乖的跟我走！」

梅度一陣驚嚇過後，驀然想通了，獰笑道：「右大夫，妳沒有淨世玉瓶，能把我們怎麼樣？」

林白卓也促狹的扁了扁嘴：「對呀，妳好可憐哦。」

黎翠氣極，從懷裡掏出西王母的符咒：「我能把你們震成灰！」

梅度、林白卓當然深知此物厲害，爬起就跑，一面亂叫：「花椒姨，有人來砸妳的場子，妳都不管嗎？」

被這場亂子給弄傻了的花椒姨這才驚醒：「大寶、二寶、三寶、四寶……你們都死到哪裡去了？」

一群粗壯大漢手持棍棒從後院奔入，做勢就要攻擊。

莫奈何反手拔出「大夏龍雀」寶刀，一聲暴吼：「誰敢動手？」

這柄大夏龍雀乃由五胡十六國時期的「大夏天王」赫連勃勃親自督造，鋒銳絕世，僅只刀身透出的銳氣彷彿就能殺人。

廳內賓客眼見刀都亮出來了，嚇得滿廳亂竄。

門外又湧入了另一群人。「統統不准動！」

原來春滿園有傳染病的消息已傳入開封府，府尹派出總捕頭匡鵬飛率領官差前來查明究竟。

青鳥振翅尖叫：「官府來抓人了，快跑啊！」一邊嚷嚷，一邊把頭變得比獅子要大，虛張聲勢的咧開血池尖嘴，以恫嚇那些捕快。

滿廳人眾更嚇楞了。「這是什麼怪鳥？」

一陣捲堂大亂過後，梅度、林白卓當然已經不見了。

百毒鬧東京

黎青與花月夜租下一間小小的店面，準備開設醫館。

花月夜在百惡谷中的時候，眼見薛家糖所爲，現在便也弄了許多小玩意兒，把小小的醫館布置得頗爲精緻。

黎青總是靠在他身上，一面極口稱讚他的巧思，一面編織著未來美好的圖畫。

這晚，花月夜獨自蹲在後門的小花圃邊上，細心的種植「日日春」。

卻見梅度、林白卓跑了回來。「花公子，不好了，右大夫殺來了！」

花月夜一驚：「她怎麼來得這麼快？」

梅度哭道：「她想用西王母的符咒把我們震成灰，我們死了沒關係，但從此我們就沒有給人類研究的價值了呀。」

林白卓也磕頭如搗蒜：「花公子一定要救救我們。」

花月夜沉吟了一會兒：「她既已尋來，我們就得要加快腳步了。」拿出玉瓶，拔開瓶塞，朝裡面大喊：「商涵、甘顏、聶基、麻振、蜀伊、揭合、厲極、黃惹、霍蘭、楊從……

你們統統出來！」

梅度笑道：「花公子想要我們大鬧東京？」

「一旦傳染病大流行，翠姐就分身乏術了。」

林白卓不免擔心的朝屋內瞟了一眼：「左大夫難道不會反對？」

花月夜成竹在胸：「我自會安撫她。」

過沒兩天，傷寒、肝炎、瘧疾、痲疹、鼠疫、結核、痢疾、黃熱、霍亂、恙蟲等等的傳染病就在京城內流行開來。

小醫館的病人一下子就變多了，黎青自然察覺出這件事，她板起臉來質問花月夜：「你不是說只害爲富不仁的人？現在許多平常的老百姓都得了病，你到底在搞什麼？」

花月夜握著她的手，溫言解釋：「我們將來還有很長的日子要過，我現在只是想多賺點錢而已。妳放心，我不會傷害無辜的老百姓。」

病人前來看病，花月夜只須拿出玉瓶，細菌就乖乖的回到瓶內，病體自然很快痊癒。花月夜的看診費與藥費又不貴，「花神醫」之名迅速傳遍京城。

不笨的小小鳥

黎翠和薛家糖並沒閒著，一個專心探尋黎青下落、一個專門追查花月夜的行蹤。

這日傍晚，青鳥咕咕呱呱的飛了回來：「你們這兩個傻瓜，行事全無效率，怎麼會不知道東京新近出了個花神醫呢？」

薛家糖道：「人家當然有聽說啦，這神醫的醫館不大，但醫術很神。」

青鳥撲翅跳腳：「那你們爲什麼還不去查他？」

黎翠皺眉：「我想那花月夜不會這麼笨，他偷了玉瓶，應該知道我們正在追他，豈會用本名本姓行醫？」

青鳥唉道：「也許有些人就是這麼笨，也許有些人就是等著妳去抓他，妳不去看看，怎麼會知道呢？」

黎翠、薛家糖拗不過固執的青鳥，只得不懷希望的前往探查。

辣手神醫

擠在小醫館內的人簡直比春滿園還多，都在等待花神醫施出回春妙手。

突地，三個滿臉爛瘡的人擠了進來。「讓讓……讓讓……」

其他的病人眼見他們那副骯髒噁心的模樣，屎坑般的臭氣更陣陣撲鼻，嫌憎的一鬨而散。

黎青也受不了這三個膿包也似的東西，向看診間內叫道：「小花兒，我去買菜了。」

一眨眼，醫館內就只剩下他們三人。

看診間內傳出花神醫的聲音：「彭先生、蔣先生、汪先生，請進。」

彭摳蚊、蔣摳針、汪摳門心道：「這神醫可眞神了，沒見我們的臉，也沒問半句話，竟就知道我們是誰了。」

三人敬畏的進入診間，不敢抬頭。「懇請神醫救命，必有重謝。」

花月夜笑道：「你們低著頭幹嘛？抬起頭來看看我是誰。」

三人這才覺得嗓音熟悉，抬頭一看，立將魂兒都嚇飛了。

「是你這小惡魔？不不！原來是您老人家？」

花月夜悠悠笑道：「三位大爺，你們幾次派人追殺我……」

「沒沒沒！沒有幾次，只有兩次。」彭摳蚊辯解。

「都是彭兄的主意。」蔣摳針辯解。

「兩次都沒我的分兒。」汪摳門辯解。

「好啦，這些我都不追究了。」

三人剛鬆下一口氣，花月夜的俊臉又一沉：「但你們的病，我可不想醫。」

三人腿一軟，跪倒磕頭。「花神醫救命，這病把我們害慘了呀！」

「這樣還算慘？」花月夜笑道。「現在才只剛剛開始而已，再過幾天，你們的全身皮膚會長出一千多個爛瘡，每個爛瘡流出來的膿都比馬桶還臭，稍稍一碰就痛得你們哭爹叫娘，蒼蠅、蚊子都會跑來做窩。然後嘛，你們的臉就會開始潰爛，不過也不用太擔心，因爲過不了多久，整張臉皮就都可以掀起來了。最後嘛，病菌會進入你們的腦子裡，把你們的腦漿統統都變成膿漿。」

彭、蔣、汪三人有若三條無骨蛆蟲，軟癱在地，連發抖都不會了。

後窗外驀地傳入黎翠的語聲：「花月夜，你好狠的心！」

花月夜臉色驟變，朝前門竄了出去。

前門外早有人擋路。

是薛家糖。

花月夜根本沒把他放在眼裡，笑道：「糖糖兄，你想幹什麼？」身形一展，就想從他頭上掠過去。

「花弟弟，人家不准你跑。」

薛家糖右手一揮，五支金針齊出，分射花月夜前胸五大穴道。

花月夜嚇了一大跳，嚷嚷：「你從哪裡學來的這些功夫？」

他的軟索飛抓乃隨身之物，應念而出，逕抓薛家糖頭頂。

薛家糖左手又一揮，又是五支金針。

他的身法雖不靈光，但針法卻比黎青、黎翠都來得靈活迅捷，花月夜萬萬沒想到，才十幾天沒見，他就能使出這麼高明的武功。

就這麼一點輕敵之心，讓他的手腳稍微慢了些，被一支金針射中腰間的「五樞穴」，剎那間氣力全失，癱倒在地。

黎翠已從後門趕過來：「花月夜，淨世玉瓶是不是你偷的？快還給我們！」

花月夜的真面目

花月夜躺在地下窩成一團，當他終於抬起頭來時，竟完全變了一個人。

他俊俏依舊，但眼中隱隱射出一抹邪異恐怖的光芒。

黎翠、薛家糖全未覺察，在他們的心目中，花月夜仍是那個活潑討喜、智計百出的俠盜。

薛家糖急道：「花弟弟，你快說嘛，你有沒有偷玉瓶？」

「是我拿走的。」花月夜一臉可憐之狀。「但我早就已經還給青姐了。」

黎翠一驚：「我姐姐已經找到你了？」

「當然。」花月夜含淚點頭。「其實，從一開始就都是她的計畫，都是她指使我偷走玉瓶的。」

薛家糖更驚：「原來那天，玉瓶根本就是她交給你的？」

「沒錯。否則以青姐的本領，豈會讓我輕易得手？」

以常理推度，花月夜的這番謊言倒眞是天衣無縫。

黎翠無法置信的大吼：「花月夜，你不要誣賴姐姐，她爲什麼要這麼做？」

花月夜又可憐兮兮的低下頭：「她想把細菌放出去，讓許多人得病，然後再來求我們醫治，便可藉此賺大錢。」

薛家糖跌足：「唉！青妹妹怎麼如此荒唐？」

黎翠則滿腹狐疑：「可……姐姐不是這種人。」

花月夜仰天長嘆：「唉！你們根本不懂她，其實她是個極爲惡毒的人，從我進入百惡谷的那一天開始，她就逼我做這、逼我做那，都是她逼我的。」

薛家糖納悶：「但，我一直以爲你很喜歡青姐。」

花月夜悲憤號啕：「我怎麼可能喜歡她？跟她在一起的每一刻，我都覺得噁心得要命！」

花月夜如此說著，好像眞的想要嘔吐。

薛家糖打從心裡早已認定花月夜是個好人，對於他的話深信不疑；黎翠則在他出色的演技影響之下，也逐漸開始動搖。

花月夜止住哭泣，深情的凝視著黎翠：「翠姐，其實我……我最在意的是妳……」

黎翠心中一震。當初對他的那種微妙的感覺又回到了心裡。她一陣慌亂，不知如何反應，只得急急忙忙的打斷這種話題：「我……我們等姐姐回來，看她怎麼說？」

花月夜連連搖頭：「不妥不妥。」

「爲何不妥？」

「你們都知道，青姐是玉石俱焚的個性，逼急了她，不知會做出什麼樣的事？所以，不如我先把玉瓶騙回來，然後我們再來個當面對質，那就誰都無法抵賴了。」

黎翠、薛家糖哪有什麼江湖經驗，但只覺得他言之有理。「就這樣吧。」

薛家糖收回金針，離去時，兀自叮嚀了花月夜許多話，要他務必小心。

滅絕人類的陰謀

花月夜等到黎翠、薛家糖走遠了，才慢慢站直身軀。

背後又傳來一陣森冷的語聲：「花月夜，你可眞會騙人。」

是鬧天鷹。

花月夜全不意外，緩緩轉過身去，行了一禮：「鷹兄，多謝你替我掠陣。」

鬧天鷹竟在暗中幫花月夜掠陣？他倆竟是同夥？

鬧天鷹笑道：「沒事兒，咱們這次合作得挺愉快的。」

花月夜拍了拍他的肩膀：「若無鷹兄相助，這個計畫決難成功。黎氏姐妹雖然天真，但要騙倒她們，還眞的不太容易。」

原來，打從一開始，這就是一個騙局。

花月夜先以雞穀草根迷惑彭掘蚊等富豪，轟動長安，然後坐在薛記店裡等待黎青去吃天竺人的拔絲香蕉。

其實，雞穀草根可以加在任何甜食內，薛記的甘薯乳糖之所以會被他看上，就是因爲黎青經常光顧他們對面的天竺人甜食店。

當鬧天鷹以賺取賞金之名前來挑戰花月夜的時候，黎青本不想管，所以花月夜故意讓鬧天鷹抽了一記毒鞭，又有薛家糖這個完全不知情的渾小子在旁幫忙，終於把黎青激怒了，「救」下花月夜。

由此，花月夜才得以進入百惡谷。

彭掘蚊召集崆峒、華山、七殺等門人意欲大舉進攻，鬧天鷹又現身指引他們路徑，因爲花月夜還未得到黎氏姐妹的完全信任，藉此事件故意受傷，誘使兩女對他產生同情與同仇敵愾之心。

鬧天鷹假裝膽怯，不與崆峒派等一幫人同行，其實一直都在暗中跟蹤他們，並替花月夜掠陣。當熊炳輝差點一刀砍死花月夜的時候，擲出石塊的人就是他。

鬧天鷹笑道：「現在淨世玉瓶已經到手，可謂大功告成了。」

「鷹兄之德，沒齒難忘。」

「但我有一事不解，你爲什麼要大費周章的偷這玉瓶呢？現在你用『放毒捉毒』這種方法，雖然很容易賺錢，但又賺不了眞正的大錢，還惹上了西王母與黎氏姐妹，划得來嗎？」

「誰想賺錢？」花月夜眼中露出比惡瘡還要濃稠的仇恨之意。「我只想害死全人類！」

花月夜的身世

鬧天鷹名列中原五兇之首，心腸之狠毒已可稱得上舉世無雙，但現在花月夜身上透出的殺氣與恨意，使得他都忍不住爲之戰慄：「你跟誰有深仇大恨？」

花月夜切齒：「當今的世界上只有三個好人，其餘的，統統該死。」

夜幕緩緩垂落，花月夜的語聲比最深沉的黑暗還要陰森：「我的父親是一隻雁妖，逍遙天際九千餘年，以雲氣露水爲食，從未做過什麼傷天害理的事情。十八年前的春天，他經過洛陽北面的『邙山』，在樹上休息時被一隻豹妖偷襲，受了重傷，墜落溪邊。我母親那時才只十五歲，恰好在山中撿拾柴火，不但救下了他，還把他帶回家中醫治……」

「令堂眞是個好心人。」

「在我母親的悉心照料之下，我爹很快就痊癒了。我的外祖母很早就過世，外祖父以採樵爲生，父女倆當然不曉得這隻大雁是妖怪，對他都挺好的，所以我爹傷好之後，不願離去，整天膩在我娘身邊，直到秋天來臨，方才依依不捨的飛往南方。」

鬧天鷹笑道：「如果是我，我也捨不得走。」

「翌年春天，我娘十六歲了，一日她又在山中撿柴，碰到一條比海碗還粗的大蟒蛇想要吞噬她，危急間，一隻大雁從空中俯衝而下，奮不顧身的和那蟒蛇戰作一團。」

「令尊前來報恩了。」

「大雁兇猛異常，終於把大蟒蛇啄死，我娘早已嚇暈過去，醒來時，一個白衣少年相公正滿臉憂心的在旁照顧她。我娘的第一句話就急急問著：『那隻大雁呢？』白衣相公回答：『牠沒事，飛走了』。」

「白衣相公自是令尊變的了。」

「我爹自稱姓龍，不但知書達禮，更是溫柔體貼，他攙扶我母親回家，外祖父當然也感激不盡。鄉野之人沒那麼多禮教約束，所以過沒幾天，我爹就跟我娘……」

「換作是我，哪須幾天？第一天晚上就……嘻嘻！」

「我爹仍保有大雁的遷徙習性，只有春天會留下來，一到秋天就不見蹤影。簡而言之，一年後，我娘產下了一顆蛋。」

「原來花公子是從蛋裡鑽出來的？」

「直到這時，外祖父與母親才知道我爹是個妖怪。」

「妖怪又怎地？生米都已煮成了熟飯。」

「我娘產後不久，『河南府』知府羅奎政來到邙山打獵，碰到了我娘，這狗官便不分青紅皀白的一定要強占她為妾。」

「官大勢大，一個樵夫家庭當然阻止不了。」

「我娘萬般無奈，只好把才幾個月大的我交給外祖父撫養，住進了知府家裡，成了第六房姨太太。」

「狗官可惡！」

「我娘的心當然全在我爹身上，只能表面虛與委蛇，暗地裡終日以淚洗面。」

「令尊難道就此罷休？」

「當然不！翌年春天的某一個晚上，我爹回來，無聲無息的進入知府宅內。」

「一刀殺了那狗官？」

花月夜沉默半晌，悲憤的搖了搖頭：「我爹……唉，他有個奇怪的觀念，他知道自己無法帶給我娘榮華富貴，而且他每年只有春天才能來到洛陽，所以便也不反對我娘去當大官的姨太太。」

鬧天鷹咳了一聲道：「這麼想……倒也沒錯。」

「然而，大雁的習性是終生一夫一妻，誓死不分離。他每到春天還是定期來至我娘的房中幽會，羅家人明明聽見房中有動靜，可都闖不進去，或者昏迷在房門口。」

「令尊的法力自是高強。」

「我爹也常帶我去看我娘，我娘總是抱著我哭個不停……」說到這裡，花月夜的情緒激動得近乎沸騰，花了好長的時間才平復下來。「今年年初，外祖父因病過世，我爹見我已無牽掛，又已經十六歲了，便想帶著我一同遨遊宇宙。臨行前，我當然應該要去拜別我娘。」

「你怎麼不勸你娘跟你們一起走？」

「我當然這麼想，但我爹說……」花月夜又是一陣激動。「我爹仍然覺得我娘跟著我們會吃苦，這是他最不樂見之事。」

鬧天鷹暗忖：「畢竟是妖怪、野獸，想法觀念跟人類不太一樣。」

「就在我跟我娘生離死別的時候，羅家人聽到房內有聲音，羅奎政便又帶著許多僕人想要闖進來，結果都暈倒在門口。」

鬧天鷹皺眉道：「幾次三番如此，那狗官豈會再容忍令堂？」

花月夜再一次把嘴唇咬出血來：「後來我們才知道，羅奎政醒來後，氣憤的丟給我娘一把刀，叫她自己看著辦，我娘就……自盡了。」

鬧天鷹心忖：「丈夫跟兒子都走了，這個可憐的女人還能怎麼辦呢？」

「我跟我爹聽說之後，扮成和尚，潛入洛陽，想要刺殺羅奎政，住入進財大酒樓的本店，不料遇見了煞星。」

「連令尊都敵不過？那會是什麼人？」

「此人半神半人，名喚燕行空，是刑天的第三百零三代子孫，他法力高強，手中的金斧、銀盾更銳不可當。我爹一生沒做過什麼壞事，他卻一口咬定我們是妖怪，非把我們趕盡殺絕不可。」

「來自崑崙山的那些天神最不講理，令尊定難逃毒手。」鬧天鷹覺得有點不可思議。「那他為何會放過你？」

花月夜輕吁一口氣：「我剛才說過，當今之世只有三個好人，那天就有兩個好人在現場，他倆並不介意我半人半妖的身分，極力替我求情，才保住了我的性命。」

一日之內，父母俱亡，難怪他恨意如此之深！

鬧天鷹的狀元夢

鬧天鷹道：「現在你已得到了淨世玉瓶，有何打算？」

「東京是中原最大的城市，這個月朝廷又舉辦恩科大考，來自各地的考生雲集，所以正好讓我從這裡開始把細菌散布出去，我估計，不消兩年就能傳染給所有的人類，讓他們完全絕種！」

鬧天鷹心內暗驚：「此人心狠手辣的程度簡直千古罕見！」嘴上勸道：「人類如果都死光了，豈不是無趣得很？又沒人可以搶、又沒人可以姦，那我活著還有什麼意思？」

花月夜音惻惻的笑了笑：「不管你同不同意，這件事必須如此進行。」

「我不同意！」

背後傳來玉磬敲擊般的清音，緊接著，一名白衣白袍、白履白冠，面容也如白玉的翩佳公子從暗夜中走了出來。

第五公子俞燚至！

這個企圖攫取全世界的野心家，今年六月想要刺殺大宋皇帝趙恆不成，反被朝廷派兵毀了洛陽近郊的天下第一莊，不料他在東京另有據點，陰謀也未曾停息。

花月夜、鬧天鷹一起恭敬行禮。「俞公子，您也來了？」繼而心中都是一驚。

原來他倆都是俞燚至的賓客，彼此卻不知情。

花月夜的計畫多半出自俞啖至的籌謀；鬧天鷹奉命協助花月夜，但完全不曉得終極目的是什麼？

這就是俞啖至的用人哲學，葫蘆裡的藥，只有他自己知道。

俞啖至雲淡風輕的望著花月夜：「人類是最好用的畜牲奴隸，你跟著我，就能駕馭、折磨這群奴隸，豈非更爲痛快的復仇之道？所以你必須著量控制那些病菌，不能讓它們眞正流行開來。」

花月夜按捺下心頭不滿：「俞公子接下來還有何計謀？」

俞啖至一指鬧天鷹：「此人是我最得力的助手之一，我已承諾他一件事——讓他當上今科狀元。」

鬧天鷹諂笑道：「感謝公子成全。」

花月夜心想：「讓這個江洋大盜去當狀元？眞是荒唐至極！」

俞啖至道：「去年毒倒了江南第一才子顧寒袖，讓我手下的賓客當上了狀元，不料今年加開恩科，這顧寒袖又來了……」

鬧天鷹做了個殺頭的手勢：「乾脆把他幹掉？」

「何必這麼野蠻？」俞啖至笑道。「前來應考的考生已經病倒不少，等他們進入貢院之後，再放些病菌進去，你想想，大家都交不了卷，只有你一個能成卷，狀元當然非你莫屬了。」

鬧天鷹囁嚅：「公子，我一直有個很重要的問題沒敢問……」

「怕什麼？儘管問。」

「我……總得寫一份卷子出來，是吧？」鬧天鷹猛搔頭。「我大字不識幾個，卷子寫出來只有『他媽的』或『宰了你』，閱卷官會選中我嗎？」

俞啖至神祕一笑：「你放心，我早有安排。」

壯陽狗尾巴

蘇透收拾好十二星宮的算命攤，踏著夜色回家。

沉甸甸的口袋令他滿心歡喜，不停的感謝那十二個從巴比倫來的財神爺。

新婚才三個多月的老婆彩嬌倚在門口等他：「嗯……相公，這麼晚才回來？」

蘇透摟著她進屋：「今天又賺了十五貫，再這樣下去，我們到老的生活費都不用愁了。」

「嗯……相公，把衣服脫了嘛。」

蘇透一面寬衣，一面又道：「而且，大考就要開始，過兩天就要進貢院了，萬一我考中進士，那可就，嘿嘿！」

「嗯……相公，上床嘛。」

片刻之後，彩嬌有些失望的嘆了口氣：「嗯……相公，爲什麼你後來都不如第一次那樣？」

蘇透也嘆了口氣：「那次是因爲……是因爲……」

「因爲那根狗尾巴？」

「是啊，雖是邪魔外道，但竟神乎其效！」

說起這事兒，卻與崑崙山眾神有關。

今年五月間，有著一根狗尾巴的「長乘」閒極無聊，跑到東京遛達，看見「鹿家巷」裡有間小土地公廟，香火還挺旺盛的，生性最愛無事生非的長乘便把那土地公喚出來，要他讓位。

土地公老頭兒當然不允，還想跟長乘廝打，被長乘兩巴掌打掉了三顆牙，再兩腳踢斷了左腳，只得落荒而逃。

長乘滿意的坐上神壇沒多久，蘇透就跑進來猛拜，因爲他與彩嬌情投意合，想要成婚，但彩嬌的父母都是見錢眼開之輩，硬要他五十兩銀子聘禮，家徒四壁的蘇透無法籌措，只好四處求神拜佛。

正欲大顯神威的長乘別有想頭：「如果使出五鬼搬運之法，從不管哪個富豪之家搬出一些錢給他，雖然簡單，但可一定教壞了他，以後書也不讀了，老是跑來找我要錢，怎麼辦？而且也顯不出我的手段。」

長乘拿定主意，走下神壇，嚇得蘇透癱倒在地。

長乘笑道：「你別怕，跟著我走準沒錯。」

長乘帶著蘇透直闖彩嬌家中，把那兩個死要錢的父母叫出來，先一拳把父親打得額頭缺了一角；又抓住母親的雙腳，把她頭下腳上的在井裡浸了十八次；然後把彩嬌拎到蘇透家，將她剝了個精光，丟在床上，叫那蘇透挨上去。

但蘇透居然嚇癱了！

長乘罵道：「眞是個衰佬！」

抖起他的狗尾巴，在蘇透的某個器官上抹了幾抹，立即發揮出神奇的妙用，使得他雄風大振的把生米煮成了熟飯。

後來，長乘叫蘇透寫了塊「長乘天尊」的匾額掛在小廟門口，頗爲氣派，長乘私心裡甚至將此舉當成了「崑崙」復教的先聲。

不料彩嬌的父母請了一群「上清宮」的道士前來畫符作法，街坊鄰居也都把他當成邪魔外道，都提著糞桶、尿桶，還弄了些狗血，一古腦的潑將進來。

長乘一氣之下，把他們全都拎起來掛在樹上，可驚動了開封府尹，發兵前來圍勦。

長乘鬧了個沒趣，氣憤難平的回崑崙山去了，但他那壯陽之法，可讓蘇透、彩嬌回味良久。

捉刀

此刻，夫妻倆又躺在床上懷念著那根神奇的狗尾巴，一條黑影忽從窗外竄了進來。蘇透未及起身，就被一隻鷹爪似的手掌箍住頭顱：「你叫作蘇透，對不對？」

「是……好漢何為？」

「我叫鬧天鷹，你不會曉得我的來路，我只要你幫我做一件事──進到貢院之後，替我捉刀。」

「捉刀？」蘇透連連搖頭。「這事兒我不幹。」

鬧天鷹手掌一緊，痛得蘇透如墮地獄。「好好好，我捉我捉。」

「你是個聰明人。」鬧天鷹拍了拍他的頭。「你若不幫我，我也不會殺你，只是你一進貢院就會生大病，病得你連一個字都寫不出來。」

針鋒相對

跟花月夜共譜鴛鴦之後的黎青，下定決心減肥，但東京一共有三條甜水巷，讓她的意志力在半個時辰內就崩潰了。

她把肚子塞滿了甜食，才滿懷挫折與歉疚的回到小醫館。

花月夜坐在診間裡，低著頭，竟似在抽泣。

「小花兒，你怎麼了？」黎青大急。

花月夜只是一逕搖頭，把臉埋得更低。

黎青扳起他的頭，只見他臉頰上有一個清楚的手掌印，血痕斑斑，顯然是被人重重的刷了一記耳光。

「是誰？誰敢這麼打你？」

「青姐，別問了……」花月夜一副我見猶憐的委屈模樣。

出於直覺，黎青厲聲問道：「是不是翠兒？」

花月夜依然直搖頭，反而更加深了黎青的認定：「我知道她遲早會找上門來，但她爲什麼要打妳？」

花月夜的嘴唇咬出血來，困難的噎著氣：「她說……她說我用情不專，說妳橫刀奪愛。」

花月夜早就對黎青下過藥，幾次在閒聊中暗示黎翠對自己有意思，黎青也一直有點懷疑妹妹喜歡「小花兒」，所以花月夜現在的謊言，很容易就讓她墮入彀中。

「她……太可惡了！」黎青大吼。「你可知她住在哪裡？」

花月夜囁嚅：「好像是什麼『進財』什麼的？」

黎青一團火球似的滾到黎翠房外時，莫奈何正與黎翠、薛家糖聊著天，他因傳染病漸漸開始流行，便來向黎翠討幾帖西王母的符咒，轉交顧寒袖，免得他又鎩羽而歸。

黎青一腳踹開房門，衝了進來：「翠兒，妳幹的好事！」

莫奈何曉得這胖妞兒難纏，又以爲是外人不便旁聽的家務事，訕笑著溜了。

眼見姐姐親自上門，黎翠當然認爲事情好辦多了，上前抓住黎青的手笑道：「姐，我就知道妳會懸崖勒馬的。」

黎青更怒，甩開她的手：「我懸崖勒馬，妳就順勢騎上馬了，是不是？」

黎翠完全聽不懂她在說什麼，尙自發楞，黎青已一個巴掌甩了過來，刷得黎翠連退兩步，臉頰火辣辣的生疼。

薛家糖趕忙攔在兩人之間：「青妹妹，妳有錯在先，怎麼還動手打人呢？」

黎青跳腳：「薛糖糖，你給我說清楚，我怎麼有錯在先？」

薛家糖道：「妳指使花弟弟偷走玉瓶，然後又開醫館賺錢……」

「這些都是我指使的？」黎青七竅生煙，戟指黎翠。「又是妳造的謠？」

黎翠忍住在眼裡打轉的淚水：「是花弟弟……花月夜親口告訴我們的。」

「妳胡說！」黎青又一個巴掌甩過來，這回卻打在薛家糖臉上，嘴角頓時血沫直流。

青鳥也忍不住了，從窗外的樹枝上飛了進來，呱呱亂叫：「妳打糖糖怎地？他說的都是公道話。」

黎青冷哼：「他公道什麼？他單戀翠兒，當然只會幫翠兒講話而已。」

此言一出，薛家糖大爲尷尬，黎翠則又是一楞，因爲她直到現在都還不知薛家糖的心意，以爲他只是個說得上話的知心好朋友，不禁瞪大了如水瞳翦，怔怔的望向薛家糖。

薛家糖滿臉通紅：「人家……人家……」

青鳥唉道：「你別『人家』了，反正就是這麼回事兒嘛。」

黎翠心中一陣慌亂羞赧，急忙別過頭去。

黎青厲聲道：「總之，我已決定跟小花兒廝守終身，誰都別想阻攔我們、破壞我們，你們兩個都給我滾遠點。」

黎翠定下心神，略一思忖，冷靜的說：「姐，我覺得花月夜滿口謊言，現在我們應該……」

「妳住嘴！」黎青聽不進任何一句有關花月夜的壞話，抖手三針就朝黎翠射了過去。

黎翠出於本能的防衛反應，一抖手也是三針，三針的針尖正好撞在黎青的三針針尖之上。

黎青大怒，又是五針齊出；黎翠兵來將擋，也是五針相對。

青鳥亂叫：「喂喂喂，師傅是這樣教妳們的嗎？」

黎氏姐妹並不停手，兩人各自八針，十六根針碰來撞去，發出串串清音。

薛家糖在旁看傻了眼，沒個主意。

青鳥焦躁大吼：「傻瓜蛋，你倒是有點動作行不行？」

薛家糖的針法比兩姐妹都來得精妙，因為西王母見他手巧，傳給他的是十針針法。

薛家糖雙手齊出，十根金針極其刁鑽的扎入十六根針的針陣之中，兜來轉去，穿梭糾纏。

這二十六根針都有細線帶領，被薛家糖一陣亂攪，全都纏在了一起，自然無法再攻擊對方。

黎青又驚又怒：「薛糖糖，翠兒還教你這個？」

青鳥嚷嚷：「這是師傅教的。」

黎青楞了楞，萬沒想到西王母竟會收這傢伙為徒。

薛家糖好聲相勸：「青妹妹，妳先冷靜下來……」

黎青還想抽小刀：「你到底想幹什麼？」

「現在最好的方法就是去找到花弟弟，大家當面對質。」

醫館的祕密

醫館內不見花月夜蹤影。

眾人只好坐下等待。

薛家糖環顧醫館內部，笑道：「這兒弄得挺雅致的。」

黎青的眼中滿溢幸福：「屋子是小花兒跟人租的，也是他布置的，這裡就是我們將來的小天地。」

黎翠忍了又忍，實在忍不住，小心翼翼的說：「姐，妳眞的想跟他在一起？」

「怎麼？」黎青又將變臉。

「不，我沒別的意思。」黎翠急忙解釋。「只是師傅那邊……」

「師傅也拆散不了我們！」黎青下狠了決心。「我們一輩子也不會分離。」

她此話一出，窗外就傳來一陣嘲笑：「賤婢，妳想得美，妳的小花兒已經被我殺了。」是鬧天鷹的聲音。

黎青霍然變色，圓滾的身軀瞬即蹦了出去。

黎翠的反應稍微慢了一點，已來不及跟上，只得高喊：「青鳥，快追過去看看。」

就在薛家糖、黎翠的注意力都放在外面的時候，他們身後的牆壁悄然露出了一條縫。

花月夜對黎青說這間屋子是跟人租的，其實，這裡根本就是俞燄至的據點之一，裡面暗藏著好幾間密室。

一隻握著針的手從牆縫中伸出，刺中黎翠背脊的「命門」穴。花月夜在百惡谷的那段時間裡，甚至偷偷學會了金針制穴。

黎翠毫無防備的倒了下去。

薛家糖大驚回身，花月夜已從牆縫中鑽了出來，笑嘻嘻的說：「糖糖兄，你們怎麼又來了？想在青姐面前掀我的底？我可不能讓你們這麼幹。」

薛家糖見黎翠躺在地下動彈不得，心中又氣又急：「花弟弟，你怎麼可以這樣？快讓翠妹妹起來。」

「啊咦，糖糖兄，爲了心上人，終於生氣啦？」花月夜捧腹。「我從來沒看過你生氣，你這模樣可眞逗。」

薛家糖亮出十支金針：「你再不聽話，我可要動手了。」

「唉喲，我好怕哦。」花月夜嘻皮笑臉。「你這手功夫，我可抵擋不了。」

薛家糖見他如此頑劣，心知多說無益，雙手齊揚，十支金針射往他周身十大穴道。

花月夜不閃不避，讓金針插滿全身，仍站得直挺挺的，臉上依舊掛著皮皮的笑容。

「他怎麼還不倒下？」薛家糖尋思未已，花月夜的手已伸了過來，一針刺在他胸前「巨闕」穴上，薛家糖反而倒地不起。

花月夜蹲在薛家糖身邊，笑道：「剛才你用金針制住了我，你以爲我眞的怕制穴法嗎？告訴你，那是假的，免得你們認出我的身分。」

薛家糖傻傻的問：「你……什麼身分？」

「我啊，半人半妖！」花月夜的笑容開始透出邪惡的味道。「你想想看，妖怪怎麼會有穴道？」

黎翠一驚：「你從一開始就在騙我們？」

「翠姐，我早說過，我是個不祥之人，可惜妳沒聽懂我的意思。」花月夜緩緩的和盤托出自己想要滅絕人類的計畫。

黎翠與薛家糖聽得全身發冷，不敢相信世上竟有這麼惡毒的人。

花月夜又道：「我故意用眞名行醫，就是想引你們上門來找我。」

薛家糖不解：「你既然已得到了玉瓶，爲什麼還要騙我們過來？」

花月夜輕笑著把自己的臉貼近黎翠的臉：「你覺得我應該放過這個大美女嗎？」

黎翠渾身一震之後，呆住了。薛家糖更像跌到了冰窖裡：「你……不要動她！」

「這可由不得你了。」

花月夜抱起黎翠，走入一間密室，關上房門。

薛家糖急怒攻心，就此暈厥過去。

雁喙鑽心

薛家糖醒來時，發現自己也被關在一間密室之中，牆壁上方的小氣窗透入微微晨光，應已是隔天上午。

「翠妹妹怎麼樣了？」第一個念頭閃過薛家糖腦海，他心急如焚，大叫起來：「翠妹妹，妳在哪裡？花弟弟，姓花的，你給人家過來！」

喊了不知多久，花月夜終於來了，依然一副可恨的笑臉：「糖糖兄，嚷嚷什麼呢？我怎麼會忘記你？」

「你……你把翠妹妹怎麼樣了？」

「我們已行過夫妻之事，我待她當然好得很。」花月夜咂著嘴唇，露出回味無窮的樣子。「她可真是人間極品啊！」

薛家糖對於男女之間的事兒只有模糊的概念，但總也知道黎翠可能已遭遇到最令她痛不欲生的事情。他氣得渾身發抖，又想不出反擊之道，只能惡狠狠的說：「青妹妹不會放過你的！」

花月夜笑道：「昨晚不久之後，她就回來了，她沒追到鬧天鷹，但見我沒事，高興得很呢。」又找補著說：「她當然不曉得，你們兩個被我關在地窖的密室裡。」

「你……卑鄙！無恥！」薛家糖罵出今生最重的話語。

花月夜蹲下身子，親熱的摟住他肩膀：「糖糖兄，我說眞的，我一直認爲這世上只有三個好人，你就是其中之一。」

「我才不要當你的好人！」薛家糖氣得發抖。

花月夜自顧自的說著：「我擬定的計畫，其實有很多行險僥倖的成分，鬧天鷹給我的那記毒鞭眞的很毒，否則也騙不了她們姐妹倆，萬一在時間上有所拖延，或其中一個環節出了點小問題，我早就沒命了。幸虧你在路途中那麼照顧我，幫我把屎把尿，還餵我吃東西……」

薛家糖想起自己把硬麵餑餑嚼碎了餵給他吃的那一幕，當時還生怕這事兒讓別人知道，豈料花月夜那時已有知覺。

「你的口水滿好吃的呢。」花月夜哪壺不開提哪壺的有意促狹。

薛家糖又惱又怒：「早知道就把你餓死算了。」

「不管怎麼樣，我眞的很感謝你，你眞的是我的好朋友。」

「人家才不是你的好朋友。」

花月夜站起身子，肩膀一聳，背上便長出了兩隻大翅膀，俊俏的臉也開始變形，面頰愈來愈窄，嘴巴愈來愈長，竟成了一個鳥喙。

「這就是我的眞身，怎麼樣，很帥吧？」

「妖怪，你去死！」

「嗨呀，糖糖兒，你今天的嘴巴怎麼這麼壞？」花月夜笑道。「我可是要給你一個上好的建議，你想不想變得跟我一樣？」

「我不要！」

「喂，這可是凡人求都求不來的好運呢。我們雁妖可以飛翔雲端、遨遊天地，想去哪裡就去哪裡，比人類愜意多了。」

「人家不稀罕！」

花月夜的鳥臉拉長下來，聲音更尖銳了：「一句話，你要不要學我的法術？」

「我不學！」

「這也由不得你。」

花月夜走到薛家糖身前，把頭一昂，鳥喙猛然下啄，硬生生的啄入薛家糖心臟。

薛家糖慘叫一聲，又昏迷了過去。

這是什麼考題？

貢院大門打開了，考生依次進入。

鬧天鷹打扮得斯斯文文的，還故意邁動慢頓小心的步伐，一走一個蹶兒的踱入大門。

貢院內有無數條巷子，每條巷子設置二十間號舍，鬧天鷹被安排在「天字」巷內，他一進去就看見蘇透蹲在自己的三號號舍前發愁。

原來俞裟至神通廣大，在朝中滿布暗樁，竟將鬧天鷹與蘇透安排在同一條巷內，鬧天鷹是二號，更方便做弊。

號舍內只有兩塊大木板，白天時，一塊當桌、一塊當椅，晚間把兩塊一併便是眠床。各間號舍雖有牆壁隔開，但並無門窗，同一條巷子的考生可以互相串門子，因為原則上不會有人向別人洩露自己胸中的才學，如果見到別人寫不出來，只會暗爽於心而已。

鬧天鷹把二郎腿一蹺，斜眼瞅著蘇透，輕笑著說：「這三天，有人可要忙壞囉。」

蘇透面若苦瓜，因為他得替鬧天鷹寫一份卷子，再給自己寫一份，筆跡還不能夠相同。

又聽另一邊的一號號舍內有人嘀咕著說：「去年是天字一號，怎麼今年又是天字一號？別是命運弄人吧？」

鬧天鷹歪過頭去，一名俊秀書生坐在天字一號號舍內發呆，正是那天在紅豆攤前遇見過的顧寒袖，竟然恰巧跟他倆分到了一起。

鬧天鷹自忖改換了造型，這書呆子肯定認不出來，便裝出和善笑臉，謙卑的說：「一看仁兄就知才高八斗，運筆如風。」

書呆子的通病就是記得住字兒，卻記不住各種形狀與方向，顧寒袖果然沒能認出鬧天鷹，反而還覺得他挺親切的。

考生們陸續進入巷內，幾乎全都是一臉病懨懨的模樣，顯然已得了傳染病。

鬧天鷹心中暗笑，悄聲對蘇透道：「我沒騙你吧，你如果不跟我合作，就會跟他們一樣。」

辰時三刻，一聲鼓響，貢院大門緊緊關閉，三天之後才會開啓。

考題發了下來，交給每條巷子的號官，號官再帶進巷內公布。

考生們擠上前去一看，都傻了眼。

這是什麼題目呀？

宋朝科舉考試的內容爲詩、賦、論各一首，但今年這恩科是加開的，不在體制之內，又因皇帝趙恆在六月間赴洛陽觀賞拳鬥大會途中，受到莫奈何與「王屋派」掌門賀蘭棲眞的啓發，覺得現實事務更重要，所以本科考試只考一題時務策，並讓考生隨便發揮，題目自訂。

「題目自訂？」考生們快要暈倒。

他們一向熟讀經書，或吟詩作賦，對於什麼「時務」，根本不在行，況且自幼在書塾裡練習寫作，從來沒有「自訂題目」的經驗。

顧寒袖心忖：「去年命乖運蹇，因爲瀉肚子而交了白卷；今年又碰到這種莫名其妙的考題，恐怕又是白卷一篇了。」

其他的考生們本就有病在身，被這稀奇古怪的題目一攪，病得更嚴重了！

小子又來？

第五公子俞啖至悠哉的坐在「登峰閣」內啜飲最極品的「金風秋茶」。

這裡是他在東京的十八個據點之一，他最不滿意它的高度竟沒有超過皇宮，這也加重了他推展陰謀的動力。

總管單辟邪快步走入：「公子，奇事一樁。」

俞啖至毫無興趣：「朗朗乾坤，還會有什麼奇事？」

「那個顧寒袖竟跟鬧天鷹、蘇透成了隔壁鄰居。」

「這小子……」俞啖至動容。「去年毒倒了他，讓鮑辛中了狀元，今年他又來跟鬧天鷹搶狀元？」

「而且這傢伙跟莫奈何、項宗羽是同路人。」

任何一個縝密的計畫都會有突發的狀況，就看主事者如何當機立斷。

「去傳個信，叫鬧天鷹順便把他殺掉。」

「花月夜已把細菌散入貢院，所有的考生都難逃毒手，還需要特別招呼那姓顧的嗎？」

俞啖至想了想：「既然他跟莫奈何是好友，難保他不會獲得西王母的護身符。」

俞啖至這一揣測倒是神準，但是因此衍生出來的動作讓他露了餡兒。

單辟邪來到貢院後方，透過特殊管道把指令傳達進去，他自認爲神不知鬼不覺，不料卻讓滿街亂踅的莫奈何看見了。

莫奈何曾經做過天下第一莊的賓客，當然熟識單辟邪。

「他跑去貢院幹什麼？」莫奈何回到進財大酒樓後，與項宗羽、邢進財討論著。

「既然他與鬧天鷹都出現在東京，俞啖至也一定會在。」項宗羽緊握雙拳。「俞啖至若在，必有陰謀！」

莫奈何道：「六月間的洛陽拳鬥大會，中原五兇之一的出林狼曾想藉此漂白，鬧天鷹會不會也想藉由這次考試漂白？」

邢進財哈哈大笑：「鬧天鷹想當進士？簡直荒天下之大唐！」

「俞啖至那邪魔外道，什麼事都幹得出來。」項宗羽虎地站身。「我現在就去貢院探探。」

邢進財連忙阻止：「擅闖貢院可是死罪，不如等考完了再說。」

莫奈何亦道：「對啊，在大門外等他，不怕他跑到哪裡去。」

項宗羽沉吟不語，但看得出來，即使經過這麼多年，熾熱的復仇之心仍未稍減。

終於有題目了

考試進行到第三天，所有的考生都病倒了，只剩鬧天鷹、蘇透沒事兒。

顧寒袖因有莫奈何給他的西王母符咒護身，也健康得很。他整天在巷子裡踱來踱去，想不出要寫什麼？

蘇透跟他一樣慘，反方向踅來踅去，頭皮都快搔破了。

兩人就像一盞走馬燈，轉得鬧天鷹眼花。

「你怎麼還不動筆？」鬧天鷹悄悄問了蘇透好幾次，得不到半點答案。

如此耗到中午時分，只剩下最後半天。焦躁的顧寒袖勉強吃完乾糧，眼見另外十七名考生病得都快死了，惻隱之餘，想起去年自己的狀況差不多也是如此。

「唉，都是亂吃東西的緣故。」

顧寒袖心有所感，順筆在自備的草稿紙上亂寫了三個字：「紅豆湯」。不料這三個字一寫，靈感就如他去年瀉肚子一般的噴了出來。

「從一碗紅豆湯談起」，標題就這麼定下了，緊接著振筆疾書，迅若落雪，倚馬千言，一揮而就。

鬧天鷹已接到俞啖至傳來的伺機暗殺他的指令，轉了半天腦筋，悄悄走到他身後：「顧公子，完卷啦？」

在貢院內偷看別人寫作，自是大忌。

顧寒袖重咳一聲，把卷子捲起：「仁兄何不去忙自己的？」

「我就在爲我的卷子忙呼著呢。」鬧天鷹伸出兩指往他頸後一掐，顧寒袖腦血衝頂，說不出的痛苦煎熬。

「你……你想幹什麼？」

「你把你的文章照抄在我的卷子上，卷首寫上我的姓名、籍貫。」

顧寒袖大驚：「怎能有兩份內容一模一樣的卷子？」

鬧天鷹獰笑：「送上去的當然只有我的卷子。」

「那……我的呢？」

「你人都已經死了，還送什麼卷子？」

顧寒袖自從今年三月間得到賣身於魔鬼的教訓之後，個性變得剛烈許多：「我死也不幫你寫！」

「你不寫也可以，就痛到死爲止。」鬧天鷹手上微一加勁兒，顧寒袖痛得連靈魂都裂成碎片。

蘇透在旁愈看愈不對，湊了過來：「你只是找人捉刀，怎可如此兇蠻？」

鬧天鷹一伸手把蘇透的頸子也捏住了：「你再囉唆，把你也掐死！」

其餘的十七名考生都已病得陷入半昏迷狀態，完全不知道發生了什麼事。

顧寒袖咬牙苦撐：「我曾經當過一個多月的『行屍』，早已看破生死，豈會怕你這江湖小匪類？你省點心，我不可能幫你半點忙。」

「那我現在就宰了你！」

鬧天鷹正想一不做二不休，忽覺頭頂颼過一陣微風，一條人影已落到他面前。「鬧天鷹，你的死期到了。」

來人正是「劍王之王」項宗羽。

血濺貢院

鬧天鷹的碎雲神鞭有個好處，就是隨時都能當成腰帶纏在腰間，他一抖手，長鞭就甩了出去，捲往項宗羽的脖子。

項宗羽並不拔劍，一翻雙腕，就用手掌去抓鞭梢。

項宗羽當然深知碎雲神鞭的鞭梢塗有劇毒，但他全然不懼，雙掌齊出，直往鞭身上去抓，原來他雙手都戴著鹿皮手套。

鬧天鷹大感意外：「你不用劍？」

項宗羽的「湛盧劍」是千古第一寶劍，無堅不摧，然而鬧天鷹的長鞭是軟的，不怕寶劍掠削，項宗羽有備而來，根本沒帶劍，只用雙掌對敵。

正如同抓蛇，不管什麼器具都沒手掌好用，如果碰上毒蛇，特製的鹿皮手套又正是剋星。

鬧天鷹每甩一鞭，項宗羽的雙手就黏了過來，使得鞭身旋轉不如意。

鬧天鷹心知鞭身一旦被抓住，自己必定萬劫不復，只得仗著輕功跳上屋頂，企圖擺脫項宗羽的進擊。

項宗羽雖以劍術聞名於世，其實拳法、輕功俱屬上乘，他提氣展臂，緊追在後。

貢院的巷名是由「千字文」排列，他倆從天字巷開始打起，一路從地、玄、黃、宇、宙、洪、荒……一直打到了鳥、官、人、皇，整整打了八十條巷子。

每打到一條巷子，病懨懨的考生都禁不住爬起來觀看。

「貢院裡發生鬥毆、兇殺？可眞是千古未聞的奇事。」

論及耐力，整天吃喝嫖賭的鬧天鷹當然比不過這些年來一意追兇的項宗羽，終於在皇字巷屋頂被追上。

鬧天鷹奮起最後一絲殘餘的力氣，一鞭掃向對方，項宗羽左掌抓住鞭梢往後一帶，鬧天鷹腳下已無力氣，整個人都被拉了過去；項宗羽右拳猛起，搗中他面門，打得他一眼暴突，鼻子都歪了。

項宗羽撕開他的左手衣袖，赫見他左臂上有著龍紋刺青！

項宗羽嗔目大吼：「惡賊，我總算找到你了！」

鬧天鷹喘息著惡笑道：「早就聽說你一直在找姦殺你老婆的人，沒錯，那個人就是我！我還記得那天的情景，你老婆眞是個美人胎子，她一直求我饒了她：求求你、求求你不要這樣……哈哈，我聽得好爽，弄得更用力！她求到後來都沒了力氣……」

項宗羽舉起拳頭不停的往下打，鮮血不斷噴起，鬧天鷹的頭變成了一團碎肉，項宗羽仍然不停的打、不停的打……

報仇之後

貢院外聚集了不少聽到消息趕來看熱鬧的百姓。

「裡面發生了兇殺案？怎麼會有人在裡面殺人？這事兒可鬧大了！」

貢院大門突然打開，一個渾身是血的人走了出來，神情茫然的站在大街中央。

他望著繁華的市街、洶湧的人潮，不知道自己爲什麼會在這裡？不知道自己這些年到底在幹什麼？

他又望向匆匆趕來的開封府捕快，不明白他們在忙什麼？

手銬銬上了他的手，他也不明白這代表什麼意義？

終於復仇之後，他的心反而空了，裡頭沒剩下半點東西。

莫奈何趕到了，他取出「大宋國師」的大印，吩咐開封總捕匡鵬飛：「這位是項大俠，你們一定要善待他，若有半點差池，我決不饒你們。」

捕快們哪敢不遵，諂笑著連連鞠躬。

項宗羽被押走時，無神的望了莫奈何一眼，好似根本就不認識他。

莫奈何但覺心頭一陣絞痛：「項大哥……」

項宗羽的身影消失在長街盡頭，這會不會是他留在人生舞臺上的最後一抹痕跡？

有史以來最成功的藝人

貢院發生血案以及考生全部病倒的消息轟動了整個朝廷。

皇帝趙恆聽完大臣們七嘴八舌的報告之後，先命令御醫全體出動醫治考生，又聽說殺人兇手項宗羽有國師莫奈何作保，便先將此事擱在一旁。

「唉，今年加開恩科，竟遭此兇變，致連一名士子都取不著。」趙恆扼腕慨嘆。

禮部尚書上奏：「不然，有兩名考生沒有病倒，所以有兩份完卷。」

趙恆喜道：「快送進來，朕要親自閱卷。」

顧寒袖、蘇透的卷子在傍晚時分送入大內，趙恆與位同皇后的「美人」劉娥剛剛在後苑的「太清樓」內用完晚膳。

說起這劉娥倒是古來罕見的奇女子。

她的父祖兩代都是軍籍，後來家道中落，十五、六歲時，就在街頭擊鞀鼓、唱曲兒為生，沒多久便嫁給銀匠龔美為妻。

那時趙恆才剛成年，受封為「襄王」，年輕人心性，總喜歡在街上遛達。一日看見劉娥在街頭賣藝，驚為天人，想把她收入王府為姬，但劉娥已婚，怎有資格受到這份恩寵。丈夫龔美為了要擺脫貧困的生活，就出了個主意，假稱是劉娥的哥哥，終於讓劉娥得以進入王府。

但她成為趙恆姬妾之後的命運並不順遂，趙恆的乳母極為鄙視她的出身，密告當時的皇帝宋太宗。宋太宗勃然大怒，下令把劉娥逐出王府。然而，趙恆無法忘情，依舊偷偷的把她養在外面，直到太宗駕崩，趙恆繼承大位之後，才光明正大的把劉娥迎回宮中，封為「美人」，恩寵不衰，成為如今後宮中最有權力的嬪妃，離皇后只差一步。

皇帝閱卷官

趙恆與劉娥仔細的淨了手，焚上香，開始閱卷。

趙恆先看顧寒袖的時務策「從一碗紅豆湯談起」，從他自己去年的切身經驗，一直說到食品安全、攤販管理、稅收問題，乃至於治理城市的方法，看得趙恆不停擊節讚賞：「說得好！本科狀元非此人莫屬。」

俞談至、花月夜散播傳染病的惡毒手法，反而幫了顧寒袖一個大忙。

劉娥看著另一份卷子。這是蘇透在最後一刻趕出來的「黃道十二星宮源流考與其實用價值」，把那日櫻桃妖教給他的全都寫了上去，居然頗有博學多聞的架式。

女人都喜歡算命，劉娥按照他排列出來的陰陽曆對照表一換算：「喲，我是『獅子宮』的，挺威風！此人上知天文下知地理，狀元應該是他才對。」

趙恆不禁好奇：「來來來，我們互換。」

趙恆一看蘇透的卷子上有引用道教經典《靈寶領教濟度金書》，心中便先信服了八分，因為他是不折不扣的道教信徒，去年初有一塊黃帛掛在「承天門」門樓頂的鴟尾之上，取下一看，帛上畫著一些奇奇怪怪的圖形，滿朝文武都認為是天書，因而改年號為「大中祥符」，年底還遠赴泰山封禪，求神保佑。

今年六月在洛陽拳鬥大會上又親眼看見蚩尤的化身現形，更加重了他腦中的神祕主義色彩。

「嗯，此人不但博學，又深諳神仙之道，且還是道教信徒，該得狀元。」

劉娥看了顧寒袖的卷子，想起瘟疫已在京城蔓延開來，便也改變了自己的想法：「此人頗有先見之明，點出了瘟疫流行的關鍵所在，大才盤盤，該當狀元。」

趙恆笑道：「妳就是愛跟朕唱反調。」

劉娥撒嬌：「你才總是挑賤妾的毛病。」

兩人翻來覆去的爭執。趙恆有著趙氏家族一貫的好脾氣，就是喜歡跟心愛的人逗趣，竟將狀元誰屬的大問題暫且擱到了一邊。

西王母的鬱結

人間有科舉，崑崙山眾神也有考績，每百年一次。

這日正是公布考績之日，大家都在大廳內危坐等待。

崑崙山的組織架構是這樣的：天帝手下有四方總管，東方木神「勾芒」，南方火神「祝融」，西方金神「蓐收」，北方海神「禺彊」；負責打考績的則是特別助理「西王母」，她不但主管災癘瘟疫與五刑殘殺，還掌有考核大權，隨便一個字就能影響眾神的升遷。

她不管大家都在外等待，只顧氣呼呼的在自己的辦公室內踱步。

「青鳥已經許多天沒有回報百惡谷的狀況，青兒、翠兒現在到底在幹什麼？」

她踢壞了幾個垃圾桶，轉念又忖：「我這瘟神當了幾十萬年，有什麼好處？成天把腦筋放在那些噁心的細菌身上，弄得我自己神不像神、鬼不像鬼，一點雌性氣質都沒有。」

繼而又想：「打考績這件事兒，看似挺有威權，其實根本吃力不討好，怎麼打都不對，每一百年就要被大家罵一次，我幹嘛還要費心費力的逐項逐條核對？這次乾脆隨便弄一弄，反正結果都是一陣抱怨牢騷。」

西王母想畢，便把眾神的考績卡一張張的攤開，放在面前，然後使出她的拿手長嘯，嘴裡噴出的強大氣流吹得那些紙張滿屋亂飛。

待得嘯完，飛得最遠的考績就最好，飛得最近的考績就最差。

「這下大家都滿意了吧？」眾神往後百年內的命運就此決定，只除了三個。

他們的卡片一直被西王母攥在手裡：「這三個傢伙，必得嚴厲教訓一番不可！」

到底插不插手？

自助餐廳裡排列成一百條通道的豐盛菜餚引不起大家的胃口。

「今天爲什麼沒有紫蘇炒青蘇？」形狀像牛，生著八隻腳、兩個頭、一條馬尾巴的「勃皇」抱怨著。

「這盤荳蔻看起來不優。」有著六隻腳、四隻翅膀，身體就像一顆黃色的皮球，滾動時還會發出丹紅色火燄的「帝江」一向挑剔成性。

「今天的炒蚱蜢都變成炒魷魚了嘛。」「陸吾」那九條色彩斑斕的虎尾都不爽的翹得老高。

西王母進來了，摔盤子、砸桌子、敲碗筷的聲音瞬間大作，當然都是大家在表達自己的不滿。

這種場面，每一百年就會碰到一次，西王母早就習以為常，裝作很愉快的在菜盤間穿梭：「嗯，今天的菜色最好了！廚師該晉級三等。」

負責廚房事務的「十巫」一起抗議：「可我們拿到的考績表上，只加了半等。」

「那就等到下個一百年吧。」西王母輕描淡寫的轉到下一條通道。「唉，這裡就不行了！剛才帝江說得沒錯，這盤荳蔻看起來很糟糕。」

帝江咚咚的跳過來，頭頂冒出紅光：「西王母，別人的考績單都已經拿到了，爲什麼我還沒有？」

「長乘」也狐疑的搖著狗尾巴。「我也還沒拿到。」

西王母齜出滿嘴豹齒：「你們三個不遵命令，偷偷跑到人間去做怪，所以你們根本沒考績，考績是零！」

帝江、長乘大聲喊冤。

西王母指著帝江：「你扮成小內侍，跑去偷看人間皇帝的嬪妃。」又一指長乘：「你用你的狗尾巴做了些什麼好事，不用我掀你的醜。」

勃皇在旁傻笑：「妳剛剛說三個，這裡只有兩個，還有一個誰？」

西王母剛想說話，就見渾身豹紋的「武羅」扭動著他的細腰，搖晃著他的那對金耳環，狂奔進來。

西王母便又一指：「最壞的就是他！」

勃皇大點其頭：「關於這一點，我百分之百的同意。」

武羅衝到餐廳中央，咧開一嘴細細小小的白牙，尖聲高叫：「大事不好啦！」

西王母狠皺眉頭：「晚餐時間打擾大家的情緒，可能導致大家胃酸過多，我再記你一支申誡，降級半等。」

武羅叫道：「胃酸個屁！我們大家都要失業啦！」

沒有頭的刑天從肚臍裡哼出一聲：「我們早就失業了。」

澤神「延維」湊了過來。他的身體是蛇形，有著兩顆人頭，身穿紫衣，頭戴旃冠，一副謙謙君子的模樣，但問題是，他那兩顆頭的步調不一致，一顆頭笑道：「我們這是『待業中』，正是一種最舒服的狀態。」另一顆頭卻罵著：「我們已經待業了一萬年，還沒舒服夠嗎？」

長乘拋開考績是零的不快，搖著狗尾巴笑道：「等我們把佛教、道教或不管什麼教的地盤搶回來，先有了正業之後，然後才會有失業的煩惱。」

「又說這什麼貓頭不對狗尾巴的屁話？」武羅大罵。「都是因爲你！」

長乘莫名其妙：「又干我什麼事？」

「你救的那個蘇透就要中狀元了。」

大廳內眾神發出的嘖嘖不屑之聲，較諸對考績、食物的不滿還要響亮。

武羅跳腳：「科舉取士乃是人間頭等大事，那蘇透是道教信徒，顧寒袖可是我們的人，我們怎能在這件事上被比了下去？」

大家眼光便都望向最後進來的「天帝」，使他不得不露出深思熟慮、掌控一切的神情。

「首先，我們要弄清楚中原大宋科舉的性質，據我所知，跟以前的唐朝不太一樣，將來呢？會不會有所改變？這些都需要經過詳細審慎的調查、分析與研究，再做成圖表，方便大家了解。」

勃皇又大點其頭：「關於這一點，我百分之百的同意，因爲圖表比較容易看得懂。」

武羅呸道：「最簡單的圖表，你也從來沒看懂過。」

勃皇氣得就要上前拚命，天帝一擺手，制止了這場無謂的紛爭，又道：「其次，狀元的意義是什麼？我們偉大的悲憫情操，應不應該耗費在這上面？我們的眼光似乎應該更為廣闊，在極遠的西方正有許多挨餓受苦的難民，他們更需要我們的幫助，我們的善行應該像一顆蘋果，蘋果你們知道吧？就是要讓世界成為一個更美好的地方。」

天帝愈說愈激動，眾神都聽呆了，盤子裡的菜都涼了，還沒能聽出要點在哪裡？

武羅實在聽不下去，抽身離開了金黃色菱形十二面體的總部大樓。

長乘尾隨追出：「我跟你去。」

武羅哼道：「你也曉得你犯了錯？」

長乘板著臉：「我聲明在先，你想干涉人間科考，根本是媚俗之舉，但這世道，有時候彷彿非得媚俗一下不可。」

狀元爭奪戰

皇宮後苑的太清樓整夜燈火通明，輪值這一班的內侍黃門都暗暗叫苦：「那些窮酸的卷子有什麼好看的？隨便取一個不就結了？」

一個名喚何喜的「押班」聽到他們的抱怨，雙手插腰罵道：「你們嘀咕什麼？官家不憚辛勞的當閱卷官，你們卻叫累？」

旁邊兩個小黃門笑道：「何喜，還是你好樣兒的。」

何喜聽這兩個傢伙竟敢直呼自己的名諱，老大不爽：「你們是什麼東西？」待得看清那兩人的其中之一，嚇得褲襠都快溼了。

今年六月間，趙恆赴洛陽觀賞拳鬥大賽途中，武羅曾經混進內侍群裡，把何喜惡整了一頓，至今餘悸猶存。

「大爺，您……又來了？」何喜陪笑。

武羅探頭望入樓內：「狀元定好了沒？」

何喜暗想：「誰當狀元又干你啥事？」面上笑道：「官家與『美人』還在爭執不休，又不停的改變主意……」

但聽旁邊一個蒼老的聲音道：「這有什麼難的，就用西王母打考績的方法就好了嘛。」

武羅、長乘迴目望去，一名頦下三絡白髯、手持拂塵的老者冷笑著站在暗影裡，他身上穿著「都知」服色，但一眼就看出他不是內侍。

何喜皺眉：「你是誰？怎麼會有鬍子？」

武羅笑道：「你連『太上老君』都不認識？」

何喜與內侍們細細一瞅，發現他果然長得跟廟裡的神像差不多，都驚呆了。

長乘哼說：「你怎麼曉得我們的西王母怎樣打考績？」

「道可道，非常道。」太上老君手撚白髯，得意非常。

武羅卻更得意的瞄著長乘：「你們都不曉得這個祕密，我可是偷偷看見過的，她把我們的考績表排成一排，然後這麼一吹，飛得愈遠的，分數就愈高……」

他的聲音又尖又細，被樓內的劉娥聽見了，登時心有戚戚焉：「官家，聽見那內侍說的嗎？我們也不用爭了，就用吹的，看哪一份飛得遠，就是狀元。」

「吹卷子？」趙恆也已累了，覺得這主意饒富創思。「只是，能夠吹得多遠？」

「就試試看唄。」

趙恆捧著顧寒袖的卷子，劉娥捧起蘇透的卷子，兩人用力一吹。

照理說，劉娥吹出來的氣當然沒有趙恆強，但見太上老君手中的拂塵一揮，蘇透的卷子便騰空而起，猶若長了翅膀，刷刷刷的飛出老遠。

劉娥拍手大笑：「賤妾要贏了！」

武羅怒瞪太上老君：「原來你是來幫蘇透的忙？」忙叫：「長乘，讓他見識一下你的狗尾巴！」

長乘笑道：「咱們崑崙山豈能落於人後？」

狗尾一掃，顧寒袖的卷子便也乘勢飛起，飛得更高更遠。

趙恆拍手大笑：「贏的是朕！」

太上老君見勢不妙，連揮拂塵，把蘇透的卷子又搧得更高。

長乘的狗尾巴可比拂塵強多了，一連幾十個搖擺，澎湃的氣流將顧寒袖的卷子捲成了棒形模樣，朝蘇透的卷子猛打；太上老君不得不使出渾身解數應敵。

兩張卷子竟爾在空中交戰起來。

趙恆大樂：「早知吹卷子這麼好玩，以後就不要玩蹴鞠、捶丸了。」

顧寒袖的卷子在狗尾巴的助威下，棒打蘇透，然後還一直飛到太清樓的大門口才落下來，正好落在太上老君腳前。

趙恆大叫：「今科狀元出爐啦！」

太上老君瞪眼道：「強大處下，柔弱處上……」

武羅笑道：「好啦，不要輸了就講這些，聽不懂。」

太上老君氣得走人，武羅也拉著長乘回崑崙山去了。

何喜與內侍們這才如夢初醒。

何喜威脅著說：「你們剛才看見了什麼？」

內侍們都裝糊塗：「什麼也沒看見。」

何喜滿意的點了點頭：「內侍想要幹得久，就得這麼機靈。」

榜下捉婿

放榜了。

一大早，顧寒袖就來找莫奈何，要他陪著去看榜。

莫奈何因項宗羽之事正煩惱不已，哪有這心情？「唉，你自己去吧。」

「可我……不敢。」顧寒袖囁嚅。

「聽說就只有兩個人交了卷，所以你不是狀元就是榜眼，有什麼好怕的？」

「我……還是怕啊。」

放榜處在「新鄭門」外的「金明池大街」，對面就是瓊林苑。

莫奈何陪著顧寒袖剛剛步出城門，就見大街兩旁擠滿了人。

「紅豆湯狀元來了！」有那認識顧寒袖的人高喊出聲。

許多少女尖叫著圍攏，直朝顧寒袖拋擲鮮花與媚眼。

「卻憶金明池上路，紅裙爭看綠衣郎」，這是大宋開國以來的傳統，現如今雖因瘟疫流行，盛況不若往年，但那一波波紅裙少女爭睹新科進士的洶湧人潮，仍嚇得顧寒袖盡躲在莫奈何背後。

「喂喂喂，人家是來看你的，結果都只看到我。」莫奈何不得不擺出瀟灑的樣態，讓許多少女覺得這小子也挺不錯的。

「小道士，今晚來我家……我在『一枝香茶館』等你喲……」

櫻桃妖在葫蘆內氣憤不已：「這些騷蹄子都想來跟我搶小莫的元陽？門兒都沒有！」一股紅煙從葫蘆裡鑽出，眨眼化作粗壯大娘的造型，一手捏住莫奈何的耳朵：「死小莫，家裡的地還沒拖乾淨，你就偷跑出來遛達，你活膩啦？跟我回家去。」

少女們見這大娘如此兇惡，登即一鬨而散。

莫奈何唉道：「櫻桃，妳也太多心了。」

「我不多心，你早就被那些騷小妞剁成幾十段分食了。」

顧寒袖雖已知道自己中了狀元，但還是想看看自己的名字高掛在金榜上的榮耀與輝煌，一逕拉著莫奈何前行，忽見一輛馬車迎面擋住去路，走下一名老者，親熱的執住顧寒袖的手：「賢婿，我們回家吧。」

賢婿？顧寒袖摸不著頭腦，正想答話，另一輛馬車也疾馳而來，走下另一名老者，抓住顧寒袖另一隻手：「賢婿，別理他，跟我回家。」

原來每次放榜，大戶人家都會出動「擇婿車」在榜前等待，只要看到中意的新科進士，立馬上前提親，名曰「榜下捉婿」。

先一名老者怒道：「凡事總有個先來後到，他是我先搶到的。」

後一名老者道：「你王家財勢都不如我，有什麼資格跟我搶？」

又幾輛馬車衝了過來，都嚷著要搶顧寒袖。

幾番言語交鋒，愈吵愈露骨，乾脆指揮僕人廝打起來，金明池大街竟成了火拚戰場。

櫻桃妖心忖：「狀元有什麼了不起的，搶成這樣？都是些欠揍的勢利眼。」

一捏雙拳，發出鞭炮似的骨節爆響，喝道：「你們捉什麼婿？到田裡捉泥鰍去！」

掄起罈大拳頭，一路打去，那幾個大戶人家的數十名僕從都被打得好似西瓜滿地滾。

「快別動手，休傷和氣。」顧寒袖忙當和事佬。「各位請聽在下一言，在下已有未婚之妻……」

櫻桃妖轉過頭來就倒打他一耙：「哼，你的未婚妻是誰？梅如是嗎？人家會想嫁給你？別做夢了吧。」

莫奈何喜得抓耳撓腮：「這話說得好。」

櫻桃妖反手就敲了他後腦一記：「你高興什麼？也沒你的分兒。」

這邊吵得熱鬧，榜前倒冷清許多，只有蘇透得意洋洋的望著榜單：「不管怎麼樣，我也是個榜眼了，眞虧了那大娘教了我許多有關黃道十二宮的知識，哪天若再見面，可要好好的謝她一謝。」

捶丸

莫奈何匆匆走入皇宮後苑，趙恆與劉娥正在一片草坪上玩著一種奇怪的遊戲，他倆輪流用木桿擊打一顆小白球，想把它打入草地上的小洞裡。

今日又輪到何喜値班，他快步趨前迎接：「喲，小莫國師來了！」

「官家在幹什麼？」莫奈何悄聲詢問。

「這種球戲叫作『捶丸』，挺有趣的。您別看，球桿有好多種，木桿、鐵桿、長的、短的，還有能把球從沙地裡挑起來的……」

櫻桃妖在葫蘆裡哼道：「捶他娘的丸蛋，哪個白癡發明的遊戲，有夠無聊。」

何喜嚇一跳：「國師的葫蘆怎麼會說話？」

「咳咳，這是我的腹語術，我不想說的話就讓那臭葫蘆說去。」

趙恆看見莫奈何站在一旁，親切招呼：「小莫國師，有何急事面奏？」

莫奈何道：「就是爲了貢院殺手之事。」

趙恆切齒：「朕昨日才了解案情，此人目無國法已到了人神共憤的地步，竟敢在貢院內殺戮應試的士子，朕實不知國師爲何會替他擔保？」

莫奈何忙道：「啓稟官家，被殺之人根本不是什麼士子，他冒充考生意圖矇混，以漂白他江洋大盜的身分。」

趙恆、劉娥都嚇了一跳：「竟有這等荒謬之事？」

莫奈何補充著說：「這人其實是中原五兇之首鬧天鷹！」

趙恆又一驚，中原五兇是這些年朝廷最痛恨的盜匪，不料他們竟盜到貢院裡來了。

「官家若不信，可以派人查實他的身分。」莫奈何道。「兇手項宗羽號稱『劍王之王』，則是武林中公認的大俠。」

劉娥皺眉道：「就算如此，他又何必在貢院內動手？」

「鬧天鷹強迫顧寒袖與蘇透替他捉刀，所以那日項宗羽若不立即殺他，今科的狀元、榜眼都會死在他手裡。」

在今年六月間的洛陽拳鬥大會上，莫奈何曾經救了趙恆一命，所以莫奈何的話，趙恆自然深信不疑，點了點頭道：「國師寬心，朕自會遣人諭知開封府尹從輕發落。」

莫奈何放下了心中大石，露出傻笑。

劉娥憂心的問著：「小莫國師，最近京城內瘟疫橫行，尤其是貢院內鬧得特別厲害，這兆頭不太吉利。」

趙恆嘆道：「京城一百三十多萬人口，瘟疫如果蔓延開來，恐怕死傷慘重。」

莫奈何一挺胸膛：「官家放心，我有幾個朋友，專會剋制瘟疫，我現在就去找他們想辦法。」

東京瘟疫蔓延時

第五公子俞啖至居然沒在喝茶，茶壺、茶杯還碎了滿地。

花月夜走入登峰閣，看見這情景，冷漠的臉上隱隱透出一絲嘲笑。

俞啖至睨了他一眼，淡淡道：「現在你在心裡一定把我當成了個笨蛋。」

花月夜一驚，忙垂下頭：「在下不敢。」

俞啖至悠然一笑：「沒關係，我確實是個笨蛋，想讓鬧天鷹去當狀元，卻害死了他。」

花月夜道：「項宗羽在貢院內公然殺人，千古未見，乃是十惡不赦的大罪，公子總算拔掉了一根眼中釘。」

一說到這事兒，俞啖至的氣就不打從一處來：「開封府尹鮑辛是去年的狀元，也是我的人馬。我授意鮑辛判他死刑，但是狗皇帝趙恆竟聽了那狗屁國師莫奈何的話，降旨免去項宗羽的死罪，只判他流放三千里。」

花月夜一皺眉頭，還未說話，俞啖至已道：「現在，你快回去把你的醫館收起來。」

花月夜微怔之後，會意：「公子要大開殺戒了？」

「沒錯。我本來還想讓傳染病有所控制，但他們逼著我不得不下重手！」俞啖至顯然動了眞怒。「你把細菌全部放出來，讓整個東京立刻變成無間地獄。」

一心想要滅絕全人類的花月夜興奮極了：「我回去就這麼做。」

幾日內，各種各樣的瘟疫就在京城內盛行開來，每天都有人病死，花神醫的醫館卻不開了，病人求助無門。

莫奈何有若熱鍋上的螞蟻，他在皇帝面前誇下海口，但現在無論如何都找不到黎翠與薛家糖。

「他們到底跑到哪裡去了？」

黎翠之痛

花月夜每天晚上侍候完黎青之後，就偷偷跑到密室來找黎翠。

被制住穴道的黎翠沒有反抗能力，只能靜靜的躺在床上，隨任他蹂躪自己的身體。

她沒有哭泣，甚至沒有流出一滴眼淚。

她腦中並沒有禮教「貞節」一類的教條與觀念，但是身體被侵犯的感覺恍如毒液流入血管、毒蟲鑽入心臟一般難受。

她沉淪在痛苦的深淵裡，只能強迫自己不要有任何感覺。

她把自己想像成一棵樹，或一把藥草，聽憑入侵者擺布。

她並不痛恨花月夜，只是感到厭煩，極端的厭煩，有若面對一個無法避免的污水桶。

當他對她做那件事的時候，她只能想像自己在污水桶裡游泳，盡量把頭往後仰，這是她唯一能夠獲得一絲絲潔淨的方法。

薛家糖之苦

被囚禁在另一間密室裡的薛家糖，經歷著另一種折磨。

花月夜的雁喙把妖性灌入他體內，那像是一股濃稠的黏液，緩慢的在他體內流淌，引起火灼般的撕痛。

頭兩天，他渾身發作劇烈的顫抖，不停嘔吐，只能毛毛蟲似的蜷成一團，才不至於把胃臟都吐出來；到了第三天，他體內興起了一股抗力，與那膿液進行搏鬥，這使得他更加難受，他覺得頭都要裂開了，眼珠暴突到眶外。

再過一天，鬥爭更加劇烈，胸腔內充滿了各種撞擊，他猛摳胸口，拚命想把裡面的東西擠出來，閉塞多日的喉管猶若火山口似的張開，狂叫聲隨之噴濺而出。

「好！」他想：「我最起碼能夠叫了！」

但他叫出來的聲音竟像鳥，一隻被箭射穿了肚子的鳥！

而且他只能斷斷續續的叫，每叫一聲腸子就要斷掉似的。

他仍然盡量叫，因為這樣才能減輕胸口的悶疼。

這日，花月夜又走了進來：「糖糖兄，恭喜你，快要變成鳥囉。」

薛家糖用盡全力，終於能說話了，勉強迸出幾個字：「花弟弟，真沒想到你這麼壞。」

「你用的是什麼標準？」花月夜冷笑。「你們人類報仇就是英雄好漢，我們鳥類報仇就是壞蛋？人類無緣無故的殺了我爹、逼死我娘。」

「可你不能傷及無辜。翠妹妹是一張白紙，卻被你……」

「我哪有傷害翠姐？」花月夜滿臉無辜。「我愛翠姐愛得要死，怎麼會去傷害她？」

「你強迫她，就是傷害她！」

花月夜一時之間彷彿搞不清楚這概念，也不想跟薛家糖繼續辯論，臉上浮起嚮往的表情：「我只想要翠姐跟著我一起遨遊天涯，我會照顧她一輩子。糖糖兄，我希望你也跟著我們一起，青姐如果願意，當然也可以加入，我們可以組成一個雁行陣，把藍天的每一個角落都玩透透。」

「我不要！翠妹妹也不會跟著你走的。」

花月夜無奈嗐道：「糖糖兄，你就快要變成鳥了，必須開始學習一些我們鳥類的習性與觀念。」

薛家糖嘶喊：「人家早就說過了，人家不要變成鳥！」隨著氣力放盡，他又暈了過去。

向麻雀求救

天地旋轉，青的、黃的、紅的……各種鳥兒碰撞在一起，發出震耳欲聾的鳥鳴。難道自己已經瘋了？還是已經變成了鳥？

薛家糖矍然驚醒，虛弱的四下張望，這才發現小小的氣窗外聚集了一群麻雀。是他的叫聲，把小鳥都引了過來。

薛家糖有了靈感：「青鳥說過，鳥兒嘰嘰喳喳的就是在交換情報，我說不定能把消息讓牠們傳出去。」

但他的叫聲雖然像鳥，並不眞的會鳥語，他只好在腦中用力的想著：「快去告訴青鳥，我在這裡。」然後胡亂發出聲音，希望他的心意能夠準確的傳達給那些看起來只會整天聒噪的麻雀。

夢想中的偉大合唱團

其實，最愛聒噪的就是青鳥。

自從出了百惡谷，並脫離了向西王母打小報告的任務之後，牠就無時無刻不在享受自由的滋味。

那夜，鬧天鷹引誘黎青追逐自己，黎翠叫牠尾隨在後，牠飛到一半，聽到樹林中的貓頭鷹在咕咕叫，便止住了飛行，站在樹枝上跟貓頭鷹們比賽歌唱。

貓頭鷹的叫聲最爲多變，有的尖銳、有的低沉、有的沙啞，青鳥的聲音一加入，牠們就叫得更起勁了，渾似八部合音。

天亮後，貓頭鷹都去睡了，青鳥仍意猶未足，還在那兒鬼吼鬼嚷，沒多久，又來了一群「四喜兒」，這可是高音團隊，唱得雲朵都在抖動。

再過一會兒，烏鴉也來了，雖然極難聽，但若能適度調和，也不失爲一種奇峰突起的配音。

青鳥尋思：「如果把我們鳥兒這種全世界最好聽的聲音組織起來，可是無上的天籟哩。」

懷抱著這種指揮家的偉大夢想，一連唱了許多天，唱得嗓子啞了，其他的鳥兒都被牠唱煩了，不來了，牠才滿心挫敗的離開樹林。

牠飛回花月夜的醫館，當然早已不見黎翠與薛家糖的身影。

「這兩個傢伙眞混，一定是偷懶去了。」青鳥憤慨的想著，茫然不知何從。

突聞附近屋頂上一群麻雀嘰嘰喳喳的討論著：「那個被關在地窖裡的怪胎，長得像個人，怎麼會叫出我們的聲音？他想找什麼青鳥？青鳥是個什麼東西呀？」

青鳥一驚：「我就是青鳥，什麼人在找我？」

麻雀們喳喳：「你的樣子長得好奇怪，身體是綠的，但頭爲什麼是紅的？紅配綠，狗臭屁，眼睛還是黑的，更臭屁！」

青鳥冷哼：「若長得像你們這樣麻扎麻扎的一團糊，我乾脆自殺去算了。」

麻雀們大怒。「你是來踢我們的麻雀館？」

青鳥只得陪笑：「只是想請教，誰想找我？」

麻雀們整齊一致的把頭對準花月夜的醫館後院。「那人被關在地窖裡。」

青鳥一楞：「被關起來了？」匆忙飛到微微露出於地面上的氣窗外，向內一看，正見薛家糖不成人形的躺在床上掙扎、受罪。

「糖糖，你怎麼啦？」青鳥大驚。

薛家糖發出淒厲的鳥叫，語不成句，只能以求助的眼光看著牠。

「完蛋！一定是落入了小花兒的圈套。」

青鳥急得亂轉，但牠不敢找黎青理論，又不敢回崑崙山去報告西王母。

「只好去找莫奈何那個小渾頭了。」

你還算什麼帳？

梅如是提著自己的傑作「鸞駕寶劍」匆匆走入進財大酒樓。

莫奈何正拎著「大夏龍雀」寶刀從樓上衝下來。

「小莫，那青鳥說不清楚，到底是怎麼了？」

原來莫奈何得知原委之後，吩咐青鳥去找梅如是，約在酒樓見面。

「黎家姐妹都被一個姓花的小子騙了，怪不得瘟疫橫行。」

梅如是沉吟道：「黎翠那天跟我說起一個什麼『小花兒』，好像是個很乖巧的好孩子？」

青鳥嘰嘰：「他的乖都是裝的。」

櫻桃妖在葫蘆裡罵道：「就跟你一樣，愈會裝乖，愈壞！」

青鳥哭了出來：「我只不過偷了幾天懶，誰知道就變成了這樣？」

莫奈何道：「且不跟你理論，先去救出黎姑娘要緊。」

青鳥懷疑的望著他倆：「就憑你們兩個？」

「那小花兒應該是個妖怪，妖怪都怕寶刀寶劍，」莫奈何一晃手中的大夏龍雀。「有梅姑娘的驚駕跟我的寶刀，包管殺得那妖怪抱頭鼠竄，何況，我們還有櫻桃相助……」

櫻桃妖在葫蘆裡呸道：「人類生傳染病，干我什麼屁事？別拖我下水。」

莫奈何搔了搔頭：「還有一個……邢大叔咧？」

邢進財端坐在櫃檯後頭，打著他的金算盤，恍若什麼都沒聽見。

莫奈何衝到他面前：「邢大叔，項大哥被關在天牢裡，現在就只有你能幫忙了。」

「別吵我。」邢進財把頭埋得更低，算盤珠子撥得震天響。「分店剛成立不久，還有很多帳目沒弄清楚。」

「你還算什麼帳啊？」莫奈何大吼。「京城的人有一半生了病，再這樣下去，不但你這分店要關門，傳染病遲早會傳到洛陽去，你連總店都別想開了。」

邢進財望向門口，只有跑堂領班張小衰與洗碗房領班音兒坐在那兒垂頭喪氣，大街上連一個行人都沒有，更別說會有客人上門了。

「好吧好吧。」邢進財搭拉著哭臉。「我就知道我這把老骨頭不會有善終。」

原來是你？

醫館沒開門。青鳥帶領眾人繞到後院，發現氣窗已被堵死。

青鳥跌足：「大概是糖糖的叫聲太大，那賊子覺得不對。」

「誰是賊子？」

黎青無聲無息的出現在眾人背後。

莫奈何決不囉唆，直指核心：「左大夫，妳為什麼放出細菌毒害京城的老百姓？」

黎青聞言一怔。

這些日子她一直沉浸在那幸福的小天地裡，對於外界的情形根本一無所知：「你這話從何說起？」

「現在滿城都是病人！」莫奈何句句穿心。「妳妹妹跟薛家糖來找妳，怎麼都不見了？是不是都被妳關了起來？」

黎青心中暗驚，臉上仍舊一貫冷漠的表情：「小莫，我只見過你一次，你憑什麼跑到這裡來指責我、罵我是賊？」

今年五月間，莫奈何曾央請黎青遠赴大遼國境內驅除貓瘟，但兩人相處得並非十分融洽。

莫奈何忍氣道：「也許妳不知情，但妳的小情人一定是主謀。」

一提到花月夜，黎青的母性護衛本能立時高漲起來：「你敢誣賴小花兒？你若再說一個字，我就把你打扁！」

梅如是把莫奈何拉得後退幾步，好聲好氣的說：「黎姑娘，這都是因爲青鳥看見那位薛公子被關在這兒的地窖裡。」

黎青皺眉道：「我整天住在這屋內，哪有什麼地窖密室？」

青鳥飛到堵住的氣窗外，嚷嚷：「這下面就是地窖，我可是親眼看見的，糖糖被關在裡面，痛苦得不得了，恐怕都快要死掉了。」

黎青喝斥：「你胡說！」

邢進財沉聲道：「不如現在就挖開來看看。」說著就想動手。

黎青橫身攔住：「你又是什麼人？」

後門突地打開，探出一顆少年的頭。

黎青立道：「小花兒，你過來，他們都在誣賴你。」

花月夜本想躲進去，聞言只得硬著頭皮走出來。

莫奈何、梅如是一見他的臉，同時驚呼出聲：「花果小和尚？」

另外兩個好人

今年二月間，花月夜與父親雁妖潛入洛陽，想要刺殺知府羅奎政。兩人假扮成和尚，住入進財大酒樓的洛陽本店，雁妖假名「性圓」，花月夜則自稱「花果」。

與此同時，莫奈何、梅如是與天神刑天的第三百零三代子孫燕行空正要趕赴崑崙山除妖，也住進酒樓。

燕行空窺破了雁妖父子的真身，以金斧銀盾斬殺了雁妖，還想除掉花月夜，莫奈何、梅如是一起替小和尚花果求情，才保住了他一條小命。

花月夜總愛說「這世上只有三個好人」，除了薛家糖之外，另外兩人就是他倆了。

邢進財冷笑道：「你們說的半人半妖的小和尚就是他？一定是他在做怪。」一抖金算盤，五粒算盤珠子激射而出。

黎青喝道：「這裡不是你撒野的地方。」

右手一揚，五針齊出，把算盤珠子都擊落在地。

「西王母座下弟子果然不凡。」怪笑聲中，邢進財整面算盤都砸了過去。他乃是刑天子孫，出手威力賽勝風雷。

黎青跟他對了幾招，便知非其對手，高喊道：「小花兒，你快走！」

花月夜卻似情深義重，不但沒有走，還甩出軟索飛抓逼退了邢進財，然後拉著黎青進入房中，關上房門。

黎青感動的抱住花月夜：「小花兒，你……你爲什麼不逃？我們躲進屋內又有什麼用？」

花月夜臉上露出詭異的微笑：「妳放心，這門，他們打不開的！」

神偷大南瓜

邢進財在外頭撞門，那看似平常的木門竟是鐵鑄的，以邢進財的功力撞了半天，依舊不動如山。

「這是什麼邪門的地方？」邢進財氣得又踢鐵門一腳，痛得自己哇哇叫。

原來這間小屋是俞鍃至的據點之一，不但藏有地窖、密室，還有祕密通道，門窗則都設下了機關，等閒進入不得。

莫奈何想了想：「我去找人來開。」

「黑磨巷」裡有一家「無鎖不能」鎖店，莫奈何一進去就大吼：「大南瓜，快跟我走！」

頭顱特別大的店主人垮下一張臉：「你莫嚷嚷好不好？」

這大南瓜原本號稱「天下第一神偷」，後來成了「翻山豹」手下的響馬。五月間，翻山豹在鄭州被后羿神箭射死之後，黨羽星散，他便逃到東京開了一家鎖店，生意挺不錯的。

「要我不揭你的瘡疤，你就趕快跟我去幹活。」

黎青之悲

屋內的黎青推了推門，覺得奇怪：「普通房子的後門為什麼會這麼堅固？」

花月夜沒答話，閃爍著眼神不知在想什麼？

黎青漸漸起了疑心：「他們說這房子裡有地窖、密室，是眞的嗎？」

花月夜的沉思變成了煩躁。

黎青又問：「他們說京城瘟疫橫行，也是眞的嗎？淨世玉瓶在哪裡？這幾天怎麼都沒看見梅度他們？」

花月夜開始有點招架乏力，黎青仍著著進逼：「他們爲什麼說你半人半妖？又說什麼花果小和尚？」

花月夜笑著往後一指：「小和尚在那兒呢。」

黎青一回頭，暗藏在花月夜手裡的針已刺中了她的「靈臺穴」。

「小花兒，你幹什麼？」黎青倒地之時，還不願意相信花月夜欺騙了自己。

花月夜拉開一座藥櫃，露出通往地窖的入口，走了下去。

「他……難道眞的像莫奈何他們所說的那樣？」

黎青的震驚達到極頂，但更讓她五雷轟頂的還在後頭——沒多久就見他抱著黎翠走了出來！

「你眞的把翠兒關在這裡？」黎青嘶聲大吼。「你一直都在騙我？」

花月夜又推開一堵牆，露出了一個祕密通道的入口，抱著黎翠就想往裡走。

黎青五內俱焚：「花月夜，你不是人！」

花月夜輕笑道：「我本來就不是人，妳沒聽他們說嗎？我半人半妖。」

黎青懷抱最後一絲希望，哀懇的問著：「小花兒，你……到底愛不愛我？」

花月夜鄙夷的眼光直直刺穿了她的心：「妳也不看看妳長得什麼德性，我怎麼可能愛上妳？跟妳在一起的每一分每一秒，我都想吐！」

一句話比天雷還要兇猛，震得黎青體內的每一個細胞都裂成碎片。

就在這時，後門被無鎖不能的大南瓜打開了，邢進財當先衝入：「惡妖，還想逃到哪裡去？」

花月夜把懷中的黎翠高高舉起：「誰敢過來？我先殺了她！」

邢進財不得不硬生生的頓住：「你不要這麼無恥，有種我們正面對決。」

「無恥的是你們人類！我爹有什麼錯，你們要那樣對待他？」花月夜嘎聲吼叫。「我恨不能殺光你們這群敗類！」

梅如是回憶起那日情景，覺得雁妖父子確實可憐，委婉的柔聲道：「小和尚……不，花公子，那日燕行空大哥因爲急欲趕往崑崙山，所以行事不免莽撞……」

「妳別說了，反正血債血償！」花月夜抓著黎翠，步步退往通道入口。

梅如是心知若讓他逃脫，黎翠必定悲慘終身，她大步逼近花月夜：「你不如先殺了我。」

莫奈何見狀，也挺胸上前：「你先殺我吧。」

櫻桃妖在葫蘆裡氣得要命：「這個小渾頭一心只想保護那姓梅的小賤人，也不想想，他若死了，我怎麼辦？」

花月夜面對這兩個當初替他求情的恩人，一時之間竟不知所措，只能疊聲說著：「你們不要過來，我不想殺你們。」

梅如是衡情度勢，做出妥協：「你把黎翠姑娘放下。要走，你自己走，跟那日一樣，我保證你的安全。」

花月夜聞言猶豫，但仍不鬆開抓住黎翠的手。

櫻桃妖跟黎翠有過數面之緣，對她頗有好感，心裡並另有算計：「功勞可不能都被梅小賤人搶走，總得顯顯我的手段。」

她化作一縷紅煙，悄悄的從葫蘆嘴鑽出，飄到花月夜背後，凝聚成粗壯大娘，一拳搗在花月夜的背心上。

花月夜怎麼也沒防著他們身邊還帶著一個妖怪，被櫻桃妖打得往前一個踉蹌，抓住黎翠的手也鬆了。

梅如是順勢把黎翠拉了過來。

邢進財見機不可失，一橫身，先擋住通道入口，再抖動金算盤攻了過去。

在窄小的房間裡，花月夜的軟索飛抓簡直變成了廢物，他怪叫一聲，露出本相，翼展一丈，尖爪利喙，好一隻大雁！

邢進財桀桀厲笑：「好！這樣才過癮！」金算盤圈出一片光幕，將那大雁罩在中間。處在這樣的環境裡，雁妖的翅膀也沒太大用處，但那兩隻鳥爪可就厲害了。花月夜的父親經過數千年的修鍊，把原本像蹼的雁爪練成了鷹般的爪子，並傳承給了兒子。

現在那六隻宛若鋼鉤的鳥趾，兇猛的輪番敲擊金算盤，使得算盤珠兒發出串串清脆的聲音，活像這鳥兒正在計算他自己的生死帳目。

邢進財久戰不下，有點焦躁的出聲提醒：「妖怪既然已現出眞身，就怕寶刀寶劍，你們爲何還不出手？」

莫奈何是眞的迷糊，被他這麼一說，正想拔出大夏龍雀，卻聽身邊的梅如是輕咳一聲，忙轉目望去，梅如是又瞪了他一眼。

莫奈何頓知她心意，訕笑著打消了加入戰團的念頭。

邢進財罵道：「你們沒救了，仍然懷著婦人之仁！」

櫻桃妖也罵道：「只要有這小賤人在，就沒好事！」

花月夜見他們分心說話，顯然有虛可乘，倏地探爪抓向邢進財頭頂，哪知邢進財根本就是故意引他入彀，左手一抖，射出五粒算珠兒。

原來他的算珠兒並不都在算盤上，藏在左手裡的才是眞正的殺著。

那五粒算珠結結實實的擊中最脆弱的鳥腹，花月夜張口噴出一標鮮血，再也撐不下去，秘密通道的入口已被邢進財封住，他只好從前門衝出。

卻見一隻巨形怪鳥張牙舞爪的當門而站，人面鳥身，形狀奇異，必須細瞅好幾眼，才會發現牠竟是薛家糖。

好一隻惡鳥！

原來薛家糖在地窖裡聽見雁妖的呼號，原本在體內衝撞激盪的兩股力道竟似受到誘發，硬要衝破他的胸腔噴濺出來方才罷休。

他難受得在床上亂滾亂爬，猛然間，被制住的穴道衝開了，他爽快的跳起身子，但下一刻，他又楞住了。

背上似乎長出了什麼怪東西？

他反手一摸，那是兩根生滿了羽毛的翅膀！

再低頭看自己的雙掌，也變成了兩隻各有三趾的鳥爪！

他嚇得大哭起來，而那哭聲，只像是沒能搶著破布鞋的烏鴉叫。

他衝到地窖門口，一腳就踹破了鐵門。

外頭的陽光多少令他振奮，他跑到醫館大門外，正巧碰見剛剛脫出重圍的花月夜。

「花弟弟，你害得人家好苦！」薛家糖本想盡量說得平和，但體內的妖性讓他變得齜牙咧嘴。

花月夜也沒想到他已變成了這樣，唬了一大跳，繼而興奮大喊：「糖糖兄，你已經成了妖類，我們要聯手對抗人類。」

「人家才不要！人家是人類！」薛家糖哭著跺腳抗議。

花月夜的語聲充滿誘惑：「不，你看看你自己，你已經變不回來啦。」

體內的妖性讓薛家糖的信念產生動搖：「變成妖怪又有什麼不好？妖怪跟人類又有什麼分別？」心底有個聲音一直這麼低迴著，而且他愈想愈對。

屋內的黎翠直到此刻才稍稍回神，虛弱的叫了聲：「糖糖，快把玉瓶搶回來。」

薛家糖渾身一震。

黎翠的話是他永遠無法抗拒的指令，體內的妖性瞬即被壓了下去。

薛家糖堅決的伸出自己的鳥爪：「把玉瓶還給人家。」

花月夜怒極而笑：「還是個沒出息的娘娘腔。」張開雙爪抓了過去。

薛家糖也不用針法了，撲騰翅膀，猛探尖喙，鳥爪也不比花月夜差，兩隻怪鳥打成一團。

邢進財尾隨追出，又幾粒金算珠射在花月夜的胸膛上。

花月夜不僅引誘薛家糖不成，反而多了個強敵，他左思右忖，只剩下逃命一途，雙翼一展，衝上天空。

「玉瓶給人家留下。」薛家糖同時飛起，抓住花月夜的衣服用力一扯，把他全身的衣服都扯了下來，淨世玉瓶自然也落到地面。

玉瓶既已得手，做慣了大掌櫃的邢進財就懶得窮追猛打，只望著薛家糖的怪模怪樣，皺眉問道：「你究竟是人是妖？」

薛家糖本想說：「人家當然是人。」忽然覺得用「人家」這個詞兒其蠢無比，便粗著嗓門回答：「老子當然是人！」

黎青發狂

兩人回返屋內，梅如是與莫奈何正照顧著黎翠。

薛家糖急忙跑到她身邊：「翠妹妹，妳還好吧？」

黎翠一臉茫然，還未從惡夢中醒轉。

梅如是低聲道：「她受了不少折磨，最好先讓她靜一靜。」

莫奈何道：「我們先回酒樓去。」

幾人扶著黎翠離去，邢進財這才看見黎青兀自委頓在地，便拔出了她背上的針。

黎青緩慢的轉過身子，兩隻眼珠子宛若兩個透明的玻璃珠：「你是誰？」

「妳不認識我，我也不認識妳。」邢進財並不知她來路。「要不要找個大夫給妳看看？」

「大夫？大夫？」黎青呆呆的自語了幾十聲，驀地放聲狂笑。「我就是大夫啊！我是左大夫！我是左大夫！」

黎青跳起來衝出門外。「我是左大夫！我是左大夫……」轉瞬之間跑得不見蹤影。

回家

黎翠的痲木、解離並不如眾人想像中那麼容易平復。

她整天坐著發呆，不吃、不睡，每次好不容易快要睡著時，就會突然驚跳起身，在房間裡亂竄，老鼠似的尋找藏身的洞穴。

梅如是一直陪著她，但不知如何才能安慰她，她只知道黎翠必須忘掉那段記憶。

莫奈何則用上了另一種方法——給她打氣。莫奈何會這麼說：「黎翠，妳是天神西王母的徒弟、妳是威震江湖的女俠、妳是所有妖魔病毒的剋星，所以妳是天下第一堅強的人，妳可以面對一切困難，站起來吧！」

結果，沒什麼用。

起初幾天，薛家糖不太敢面對黎翠，他一看見她就心如刀割，而且會讓他碰觸到自身最黑暗的記憶。

他已學會了西王母的符咒，便拿著淨世玉瓶在京城內奔波，不消幾天就抓光了所有細菌，大部分的病人都不藥而癒。

他終於鼓起勇氣進入黎翠房中，坐在梅如是旁邊呆看著，也不知該怎麼辦。

幾天後，他心血來潮，想起《醫經》七書上有一味治療癡呆的藥方，便去抓了些丹參、石菖蒲、川芎、遠志、首烏……在房內熬煮。

藥味漸漸傳入黎翠鼻中，她臉上的神情也漸漸活了過來。

梅如是見這誤打誤撞的方法有效，輕輕握住黎翠的手：「翠兒，我們回百惡谷去好不好？」

黎翠喃喃：「百惡谷？……百惡谷？……」

薛家糖也忙坐在她身邊：「就是妳教人家熬藥、教人家醫術、教人家針法的百惡谷。」

黎翠轉過眼來看著他，嘴唇不斷顫抖，終於倒在他懷裡，大哭出聲：「糖糖，我們回家！我永遠都不要出來了！」

不識時務的青鳥

薛家糖整理完自己的東西，又替黎翠收拾行裝。他細心的把黎翠的衣物一件一件的收好、疊好。

青鳥在旁看著他，笑道：「那天看你變得好可怕，還好你仍然是個娘娘腔。」

牠話還沒說完，薛家糖就猛地轉頭瞪向牠，眼中射出獰惡的光芒：「你說什麼？」

青鳥嚇了一大跳：「我……我……我……」

薛家糖背上的翅膀長了出來，嘴也變尖了，「虎」地一聲湊到青鳥的腦袋旁邊：「你還要不要命？」

青鳥見他這恐怖的樣子，禁不住大哭起來：「好糖糖，別咬我……我們從前多親近啊……」

薛家糖猶豫著，極力忍住體內的衝動。

青鳥繼續大哭：「好糖糖，你還記不記得，從前你老是幫我梳毛、替我洗臉，我好喜歡你呢！你為什麼不跟從前一樣嘛？」

薛家糖獰笑：「從前大家都欺負老子，有些人還想弄老子的屁股，現在可該他們付出代價了！」

這時的黎翠已稍稍好轉，她微皺了一下眉頭：「糖糖，你怎麼如此粗魯？」

她一發話，薛家糖的翅膀立馬沒了，嘴也回復原狀，委屈的噘了噘：「都是因爲小青鳥嘲笑人家嘛。」

青鳥鬆了一口氣：「只有翠兒才能壓得住你的魔性。」

莫奈何與梅如是來了，他們要送黎翠回家。

莫奈何見到剛才那一幕，悄聲說：「走了一隻花月夜，又來一隻薛家糖，這小子會不會扯我們的後腿？」

梅如是笑道：「你太多心了。」

莫奈何嘆了口氣：「送黎姑娘回去，定要經過洛陽，我猜花月夜必定在那兒，往後的路途還有得瞧呢。」

洛陽的亂局

自從六月間舉辦了拳鬥大會之後，洛陽就陷入一片混亂，沒有散去的各路江湖拳手肆無忌憚的在城內鬥毆、搶劫、兇殺、尋仇……

主要是因爲總捕頭姜無際失蹤了，洛陽捕房的捕快完全沒有能力制服這些莽漢暴民。

知府羅奎政被各種案件鬧得頭大如斗，他懷念著姜無際在捕房當家時的美好歲月，每天都把副總捕鄭千鈞叫來罵到狗血淋頭，捕房最資深的董霸、薛超則被打得屁股開花，早已掛冠求去。

這晚，他又親自跑到捕房去罵人，把鄭千鈞罵了半個時辰，又打了五名捕快的板子，才怒猶未息的回家。

他坐在轎子裡，嘀嘀咕咕的罵天罵地、罵所有的東西。

當初他舉辦拳鬥大會的本意是想邀聖寵，豈料皇帝趙恆認爲太過野蠻，反把他訓了一頓，如今還弄了個尾大不掉，眞是得不償失。

轎子慢慢的走，他的心頭火旺旺的燒。

驀然，轎子停住了，他掀開轎簾想要罵人，發現前後兩名轎夫與隨從們都不見了。

「混帳，跑到哪裡去了？本府定要把你們問罪。」

喚了半天，仍不見影兒，他只得走下轎子，辨了辨方向，步行回家。

夜已深，路上沒半個行人，他走了幾步，就覺得心寒，畢竟多年來習慣了前呼後擁，好久沒這麼落單過了。

他抬頭看了看天，想藉月光壯膽，竟瞥見右後方的牆頭上停著一隻鳥，一隻非常巨大的鳥。

他心底一驚，不由加快步伐，許多回憶同時湧上心頭——

那日，當燕行空斬殺大雁妖的時候，他也在現場，梅如是、莫奈何替小雁妖求情，他當然大聲反對，卻不知哪個人在他後腦上重重一擊，他便暈了過去，醒來時，小雁妖已經走了。

他現在仍然記得那兩隻雁妖的樣子，那根本不是雁，而是阿鼻地獄出來的使者！

他又回首望了望牆頭上的那隻大鳥，那鳥竟已變了位置，不疾不徐的跟在他後面。

這些日子，他偶爾會做惡夢，那小雁妖……那小雁妖會放過自己嗎？

他的頭髮都豎了起來，開始用跑的，拚盡全力跑了幾十步，再一回頭，那鳥依舊跟在後面。

他跑不動了，蹲在地下撿起一塊石頭：「兀那鳥！你再跟，我就砸你了！」

他不出聲還好，一出聲那鳥反而飛了過來。

「你……走開！」

羅奎政扔出石塊，那鳥將雙翼一展，遮住了滿天星光月暈，怕不有一丈多長，身軀更脹大了好幾倍。

羅奎政驚倒在地，心知噩夢終於成真：「妖怪，放過我吧。」

大雁落了下來，立在他胸口上，六根利爪緊緊剜住他的皮肉：「羅奎政，虧你還記得我。」

「記得，記得，妖……好漢饒命！」

大鳥厲聲：「我饒你？你有饒過我的爹娘嗎？」

「我……那都是誤會，我這輩子沒做過虧心事，就只這一樁，這些日子我一直都在後悔。」

大鳥惡笑：「後悔？你後悔什麼？」

「我後悔強占你娘爲妾，我後悔逼她自殺，我後悔派人追殺你爹。」

「那就讓我看看，你腦子裡的『後悔』是眞的還是假的。」

大鳥的利喙戳入羅奎政的右眼，再往上一直攪進去，他所說的「後悔」有沒有藏在那裡面，恐怕再也沒人知道了。

女媧寶盒

樹林中，一隻大雁對著月亮發出悲鳴，那聲音裡有著一絲絲淒涼的快意。

「花月夜，你總算報了仇。」俞啖至出現在樹下。

花月夜切齒道：「還早得很！我非把人類全部殺光方才甘休，可惜我們散播細菌的計畫失敗了。」

俞啖至沉吟道：「你可以去找一個東西——『女媧寶盒』，聽說盒中藏著『十二星宮魔王』，若能把他們放出來，就可以毀滅全人類。」

「女媧寶盒？」花月夜不解。「當初，人類就是女媧造的，她爲何還會留下一個東西來毀滅人類？」

「我也不知道。」俞篜至一臉輕淡悠然的聳了聳肩。「但既有這傳說，想必不致於無因。」

「我要上哪裡去找？」

「你可以到『黑汗王國』去試試。」

黑汗王國？

花月夜沒聽過這地方，但就算是刀山火海，也不會打消他的決心。

老子就是不讀書！

莫奈何等人經過洛陽，聽到羅奎政的死訊，便知花月夜已來過了。

「小心那傢伙在途中攪鬼。」莫奈何低聲提醒大家，當然沒敢給黎翠聽見。

大街上，百姓議論紛紛。羅奎政一向不得民心，所以也聽不到什麼哀悼的話語，倒是有許多人猜測著新任知府會是誰？

只聽一人大聲說道：「極有可能是新科狀元顧寒袖。」贏得了不少附和。

莫奈何偷瞟梅如是一眼，她卻沒什麼反應。

原來，顧寒袖是梅如是的表哥，兩人在幼年時便已定下了親。

今年年初，顧寒袖落第之後又病倒在「美夢小鎮」，成爲一具行屍，梅如是千里迢迢的趕去救援，終於在最後一刻把他挽救回來。

但顧寒袖由傳統觀念極強的寡母一手帶大，她決不容許顧家的媳婦兒成天在外拋頭露面，做自己的事業，這就與以鑄劍爲終生志業的梅如是發生了無可迴避的衝突。

這問題一直困擾著顧、梅二人，又一直沒能說清楚，處在混沌的狀態之中。

單戀梅如是成癡的莫奈何不免有點幸災樂禍；櫻桃妖則有另一番心思，自從顧寒袖中了狀元，她便有了讓顧寒袖仗勢強娶梅如是的念頭，就跟那羅奎政一樣，如此一來，她最大的情敵就徹底消滅啦！

此刻她乘機在葫蘆裡發話道：「顧公子嘛，當然是才子，梅姑娘嘛，當然是佳人，才子佳人本就該配成對，顧公子當上了洛陽知府，不出三年就會高升開封府尹，再三年，也許就是宰相了，梅姑娘可就是宰相夫人了，何必還在那軍器監裡鑄什麼鳥劍？」

莫奈何氣得連敲葫蘆，要她閉嘴。

櫻桃妖本就想氣他，正在暗自高興詭計得逞，哪知卻惹惱了另外一個人。

薛家糖突如其來的大叫：「狀元有什麼了不起？給人家當，人家還不想當呢。」

原來他小時候被父母逼著讀書，一直讀不出個什麼名堂，多年的抑鬱之氣積在心裡，好不難受。

櫻桃妖罵道：「看你這副蠢相就知道你連本《百家姓》都不會唸，人家狀元隨便放個屁，都比你吃了薄荷吐出來的氣要香上一百倍。」

薛家糖暴嘶一聲，翅膀又長出來了：「老子就是不愛讀書，妳要怎麼樣？」

黎翠忙道：「糖糖，你又發什麼瘋？」

薛家糖瞬間變回原形，委屈的噘著嘴：「都是她罵人家有口臭嘛。」

教壞了兒子的惡人！

回到長安之後，薛家糖當然要先盡盡地主之誼，便帶著同伴來到甜水街薛記糖鋪。

當薛爸爸、薛媽媽看見薛家糖走進來的時候，簡直樂瘋了。

兒子不但安然無恙，而且變黑、變壯了許多，而且——還有兩個美女隨行呢！莫非抱孫有望了？

不過他倆高興了沒多久，又垮下了臉：「家糖，快回家去躲起來，晚上打烊了，我們回去給你煮好吃的。」

「躲起來？」薛家糖皺眉。「爲什麼？」

薛爸爸唉道：「有兩個無賴硬要說你害得他們成了殘廢，自你走後，他倆天天來強索保護費，我只得照付，如果讓他倆看見你，可更沒完沒了。」

原來那夜在彭搵蚊家中，崆峒派的「火眼犀牛」馮淵、「無翼飛馬」賀蒙被花月夜廢去了右掌，他倆卻將這筆帳算在薛記甚至整條甜水街的頭上。他倆右掌雖廢，左掌仍可使用，甜水街上的店家都敢怒不敢言。

薛家糖聞言，氣得嘿嘿怪笑：「老子就在這裡等他們來，看他們能把老子怎地？」他在父母面前畢竟有所克制，沒露出那副兇鳥之相，但薛父薛母都楞住了。「寶貝乖兒子怎麼變得這麼……粗魯啊？」心中暗暗責怪莫奈何、梅如是、黎翠等隨行同伴：「這幫子人看似斯文，決非善類。」

誰想偷摸老子的屁股？

莫奈何、梅如是忙著到市場去置辦出塞必須物品，薛家糖怕黎翠閒著無聊，便帶她去吃對面的拔絲香蕉。

那幾個天竺人一看見薛家糖，都露出曖昧邪淫的笑容。「喲，薛小哥兒，怎麼失蹤了那麼多天？走，我們到後面去，讓你瞧瞧我們的新產品。」

薛家糖把眼一瞪，又將發作：「你們這些混帳東西，還想偷摸老子的屁股？小心老子把你們都打得扁扁的！」

唬得天竺拐子們直往後退。「這傢伙是怎麼啦？」

黎翠皺眉道：「糖糖，不要這麼兇。」

薛家糖委屈噘嘴：「翠妹妹，妳不知道，從前他們老是想欺負人家。」

黎翠並不喜歡吃甜食，拔步就往外走，驀見一名身著青衣的年輕人踉踉蹌蹌的奔過來，後面緊跟著七、八個黑衣漢子，手中都持著利刃。

青衣年輕人跑到近前，顯然已經力乏，只得躲入薛記糖鋪。

薛媽媽上前招呼：「公子，想買點什麼？」

「有⋯⋯有人欲殺吾！」青衣年輕人結結巴巴的說著，不是中原口音。

薛爸爸一聽，可不願捲入這種麻煩：「我們只賣糖，不賣砂。」就想把他推出去。

黑衣殺手已追到店外，薛家糖與黎翠正想回店，反被他們堵住了去路。

薛家糖道：「不好意思，讓讓，人家要進去。」

一名黑衣殺手圓瞪兇睛，喝道：「什麼鳥人？滾開！」也非中原人氏。

薛家糖笑道：「你怎麼知道人家是鳥人？」

另一名黑衣殺手揚起手中彎刀：「你不想活了？」

「喲，你這刀是彎的，倒沒見過。」薛家糖心裡開始上火，嘴巴慢慢變長變尖，那些黑衣殺手卻未察覺。

黎翠不欲生事，拉了薛家糖一把：「我們去逛逛，等下再回來。」薛家糖當然唯命是從。兩人正想走離，又見街上行人往兩旁退開，兩名壯漢大剌剌的踅了過來，正是「火眼犀牛」馮淵、「無翼飛馬」賀蒙來收保護費了。

他倆一眼就認出了薛家糖。「就是那天蔣摳針想脫他褲子的那個娘娘腔。我們被打成殘廢，都是因爲他！」

舊恨湧上心頭，兩人虎衝上前。「你這小子躲了許多天，還是被爺們找到了吧。」

薛家糖實在忍不住了：「翠妹妹，別怪人家，都是他們逼人家的。」言畢，肩膀一抖，兩隻翅膀從背後長了出來，嘴也變成了一隻利刃，大吼道：「老子正在等你們來受死！」

馮淵、賀蒙怎麼也沒料到這個窩囊廢會變成如此模樣，嚇成了兩個俑。那幾名黑衣殺手也都嚇壞了，嚷嚷著：「有怪物！」奇怪的是，他們不但不逃，反而揮刀攻了上來。

薛家糖展開雙翼，往下一撲騰，強大的氣流漩渦般著地捲起，那些黑衣殺手便恍如頑童甩出去的陀螺，連滾帶爬的摔出老遠，馮淵、賀蒙也被掃了出去，跟他們跌在一起。

另有一名黑衣殺手已進入薛記店內，沒被強風颳走，他也不急著逃跑，舉起彎刀，一刀砍向青衣年輕人。

黎翠在店外覷得眞切，右手一抖，兩支金針射在他右臂上，彎刀當即掉落地面。

店外的黑衣殺手頭暈腦脹的站起，個個面無人色，卻還不想逃。

薛家糖喝道：「快滾！」

黑衣殺手一起反轉手腕，把彎刀砍入自己頭顱，登時斃命；店內的那個殺手也用左手結果了自己的性命。

馮淵、賀蒙被他們匪夷所思的舉動嚇得大哭，哭完後竟成了白癡，此乃後話不提。

薛記店內，薛父、薛母也嚇暈了，醒來後，堅信這只是一場惡夢，繼續開店賣糖，此亦爲後話不提。

對街賣拔絲香蕉的天竺拐子們當晚就逃回天竺去了，從此再也不敢小看有娘娘腔傾向的男人，當然也屬後話不提。

單說黎翠、薛家糖望著滿地屍體，不知如何是好？

莫奈何、梅如是回來了，趕緊把他們帶離命案現場，不料那青衣年輕人畏縮的跟在他們後面。

莫奈何皺眉道：「你跟著我們幹嘛？」

青衣年輕人囁嚅：「汝等俱有高強法力，所以吾欲……吾有要事欲懇求汝等……」

莫奈何不耐截斷：「我先問你，那些人都用彎刀，顯然不是中土人氏，他們是從哪裡來的？」

「伊輩是黑汗王國之殺手。」

「黑汗王國？」薛家糖已回復原狀，邊說邊打哆嗦：「那些殺手殺不到人，居然就自殺了，這個王國可真恐怖！」

莫奈何搔了搔頭：「他們爲什麼要追殺你？」

青衣年輕人有點不好意思的訥訥道：「吾乃『于闐國』的末代國王——尉遲薩格瑪依。」

落難的國王

「于闐國」位於南疆，是一個歷史悠久的國家。漢朝時便與中原交好，是絲路上的一級大國，漢化甚深，屢次幫助漢朝對抗匈奴；初唐時，尉遲氏入主爲王，仍一直與中原保持良好的關係，並被編爲安西四鎮之一。

吐蕃興起，曾侵占于闐數十年，但尉遲氏終於趕走敵人，重振國威，於宋朝時進占疏勒地區，取得大勝，還擄獲了一隻會跳舞的大象，進貢給朝廷。

而後，西方的黑汗王國崛起，兩國互相攻伐，于闐節節敗退。

終於在三年前被黑汗軍攻入首都「和闐」，尉遲薩格瑪依不得不開始流亡生涯，但黑汗國王幽索伏・卡迪爾汗仍不放過他，派出殺手緊追在後。

「因此吾欲至中原討救兵……」尉遲薩格瑪依心虛的說著。

莫奈何暗忖：「皇上軟心腸，說不定會應允，但這樣一來，中原的將士可要吃苦受罪了。」嘴上裝模做樣的說道：「吾乃大宋國師是也。吾告汝，大宋官家最近被瘟疫弄昏了頭，恐怕無法應允你……汝之要求。」

尉遲薩格瑪依聞言，便欲委頓於地。

黎翠見他這模樣，心有不忍：「瞧這國王怪可憐的，國亡了還要被人追殺，我們就不能幫幫他的忙嗎？」

梅如是見黎翠因爲此事而有了生機，尋思著：「如果能夠讓她的心思放在這上面，她也許就不會一直陷在那痛苦的際遇之中了。」把這主意悄聲傳達給了莫奈何。

梅如是既如此說，莫奈何當然得盡心盡力，他搔著頭皮想了半天，靈光乍現：「這樣吧，汝之國土鄰近『歸義軍』，吾帶你……汝去歸義軍求援。」

尉遲薩格瑪依重嘆一聲：「一百多年前吾國就與歸義軍常有來往，雙方之交情頗爲深厚。吾國滅亡後，吾當然首先就至歸義軍討救兵，但曹令公不肯出兵……」

「曹宗壽不肯幫忙？」莫奈何一挺胸膛，笑道：「這事兒包在我……吾身上！」

歸義軍

自從唐朝中葉安祿山之亂以後，唐軍勢力大衰，河西地區就成為無主的疆域，吐蕃、回鶻、突厥、党項羌……各族時來時去、時爭時棄。

後來一個名叫張議潮的敦煌人糾集族中少壯，編練成軍，趕走吐蕃，收復蘭州、肅州、甘州等地，並遣使獻河西十一州的圖籍給當時的天子唐宣宗。宣宗大喜，封他為「歸義軍節度使」。

從此，這歸義軍就有如一個獨立的王國，表面上雖奉大唐正朔，其實誰都管不著。

距今九十一年前，沙州長史曹議金取代了張氏，成為歸義軍的領袖，而後又幾經遞嬗、兵變，現在的首領名叫曹宗壽，是個野心勃勃的傢伙，他最大的願望便是要獨霸河西走廊。

莫奈何等人騎著駱駝橫越荒原，直奔敦煌，這裡是歸義軍的大本營。

一行人還離著敦煌數十里遠，莫奈何就把大夏龍雀寶刀揹在最醒目的位置，馬上就有不少軍民圍了過來，高呼「天王」不休。

莫奈何笑著朝他們揮手，他們便緊隨在後，逐漸形成了龐大的人潮。

薛家糖被這一幕弄得莫名其妙：「這個渾頭小道士怎麼成了天王？」

尉遲薩格瑪依則心想：「這位大宋國師果眞極有權勢，聲威竟直達邊陲。」

原來，今年三月間，莫奈何在趕赴崑崙山途中，糊裡糊塗的從中原五兇的「破城虎」

手裡得到了大夏龍雀寶刀，此刀爲六百多年前、五胡十六國時期的「大夏天王」赫連勃勃所鑄。赫連勃勃雖然是六百多年前的匈奴人，但世居於此的各個民族，早已把他當成這片區域的聖主與精神象徵。

大夏滅亡後不知多少年，一個神祕的傳說逐漸在這地區悄悄的流傳開來，說是將來會有一個天神，手持大夏龍雀降臨世間，率領各個民族，重建大夏，一統天下。

莫奈何手持此刀，又胡謅他是赫連勃勃的第二十九代玄孫，名叫「赫連莫奈何」，贏得了各民族的擁護。

幾個月後，赫連莫奈何又來了，大家都興奮至極。

敦煌城中的歸義軍統領曹宗壽聞得此訊，心裡痛恨不已：「這混蛋又想幹什麼？」三月間，他本有機會攻下鄰近的夏國，但莫奈何用他「天王」的權威，使得歸義軍內部發生嚴重分歧，他只得悻悻退兵。

他當然知道這個天王是假的，但也明白自己無法祛除或挑戰各民族根深蒂固的信仰。

「城外已有多少人跟著他？」曹宗壽詢問面面相覷的手下將領。

「啓稟令公，已有三千多人了。」

「令公」本來是古代對「中書令」的敬稱，到了唐朝末年，朝廷爲了羈縻割據各地的武將，多半會給他們加上中書令銜，從此「令公」就成爲對於大將的尊稱。

帳下一個名喚鳩仁來的胡巫走了進來，他已穿戴起各種奇奇怪怪的飾物，準備出城迎接「天王」。「怎麼，你們都不去嗎？」

曹宗壽不能不暫且隱忍：「好吧好吧，我們都去迎接。」

惹麻煩的天王

莫奈何等人聲勢浩大的進入敦煌城，城內居民更是歡聲雷動。

莫奈何高高的騎在駱駝背上，故意把背上的大夏龍雀搖來擺去。

胡巫鳩仁來當先跪下，高喊：「恭迎天王駕到！」

萬千軍民也全都跟著他一起照做。

鳩仁來又問：「天王駕到，有何要事？」

莫奈何指著跟在後面的尉遲薩格瑪依，大聲道：「這個人是于闐國的國王，于闐國大家知道吧？一直都是你們的好鄰居嘛，對不對？」

萬千軍民都高喊：「對！對！對！」

「結果于闐國被黑汗國滅了，所以那黑汗國不是個好國，對不對？」

大家又都高喊：「對！對！對！」

「所以我們要幫助尉遲氏復國。」

「對！對！對！」

「把黑汗國打走。」

「對！對！對！」

曹宗壽眼見這一幕，臉都黑了。他本不願淌這渾水，不料莫奈何竟替他招來這麼個強敵。他恨恨的瞪著莫奈何，腦中開始排列如何除掉他的方法。

梅如是遠遠瞅著曹宗壽惡毒的眼光，不免擔心：「那曹宗壽不懷好意，可得防著他一點。」

櫻桃妖在葫蘆裡罵道：「都是妳的主意，現在又在擔心什麼？」

莫奈何忙道：「我們這麼做，都是為了黎翠姑娘。」

櫻桃妖哼道：「你以為那黑汗國是好對付的嗎？」

莫奈何聽她話中有話，忙問：「妳對黑汗國了解多少？他們有什麼可怕的武器或人物？」

櫻桃妖再不答言，但莫奈何隔著葫蘆都能感受得到她的顫抖。

黑城市

「喀什噶爾」是一個全黑的城市。

花月夜來到城外，只見黑城牆、黑城樓、黑城門，插在牆頭上的旗幟也是黑的。

進城之後，沿路的屋宇俱皆黑牆黑瓦黑門黑窗，連地面都是黑的，走在路上的行人也全都黑衣黑袍黑襪黑鞋。

再進至王宮，仍然一片黑。

王宮前的黑衣侍衛攔下了他，花月夜出示偷偽至假造的大宋國書：「我有要事面稟大汗。」

幽索伕．卡迪爾汗年約四十出頭，當然也是一身黑絲綢，長得肥嘟嘟的，並沒有想像中那麼恐怖。

花月夜呈上國書，上面寫著大宋皇帝想與黑汗王國夾攻收留了于闐國王的歸義軍。在交通不發達的年代，這種假信使傳遞假國書的事情多得很，實難察覺。

幽索伕不疑有他，喜得連連拍桌：「我早就想併吞歸義軍的地盤，這可是天假其便。」

即刻喚入文書官作答書。

文書官先寫上了「于闐國僂儸有福力量和文法黑汗王」的名號，然後就一臉迷糊：「該怎麼稱呼大宋皇帝呢？」

「笨蛋！」幽索伕罵道。「我說，你寫。本汗王致書，嗯，『東方日出處』……」

「好！」文書官拍馬屁。

「再來，『大世界田地主』……」
「更好！」又拍一次。
「再來，『漢家阿舅大官家』。」
花月夜心中暗笑。「這是什麼不倫不類的稱呼？」
好不容易把答書寫完，幽索伏卻起了點疑心：「聽說中原派出來的信使都有大本領，你這小後生有什麼資格能當信使？」
花月夜淡淡一笑，肩膀一聳，背上雙翅便伸展開來，怕不有一丈多寬。
幽索伏拍手大笑：「果然厲害！中原果然能人輩出。」
但聞一個陰惻惻的聲音道：「這有什麼了不起？不過是個妖怪。」
緊接著就見一個黑衣長髮女子從殿後走了過來，她的臉黑得如若一塊墨晶，兩隻眼睛卻是綠的，手中拿著一根一尺半長的黑色小木杖。
幽索伏笑道：「黑魔女，妳又想顯神通啦？」
名爲「黑魔女」的女子閃爍著青磷磷的眼珠，逼上前來：「我要叫他現出原形。」
花月夜冷笑：「就憑妳這塊黑木炭？去爐灶底下躺著吧。」
黑魔女大怒，手中魔杖朝前一點，杖頭激迸出一道黑光，直射花月夜面門。
她這魔法杖確實是妖怪的剋星，換作尋常妖怪被那黑光一指，早就化作了灰塵，但花月夜乃是半人半妖，黑魔法雖然剋住了他的妖性，但無法剋住他屬於人類的武功。

他騰躍起身，軟索飛抓出手，反罩黑魔女頭頂。

黑魔女沒料到他的反擊能力這麼強，差點被飛抓抓破頭顱，險險避過之後，魔杖又一點，這回可用上了全部法力，花月夜不敢硬接，一個筋斗往後跳開，黑光擊在牆上，把宮殿都打塌了一片。

幽伏索叫道：「好啦好啦，你們兩個別打了，再打下去，本汗的宮殿都沒啦。」

就在此時，探馬來報：「啓稟大汗，歸義軍不但收留了尉遲薩格瑪依，而且還聲稱要幫他復國。」

「可惡！我還沒去惹他們，他們卻先來惹我？」幽伏索虎地站起身子，發下命令：「即刻出兵攻往敦煌，本汗親自領軍。」走上前來，一手牽住黑魔女，一手牽住花月夜。「你們兩個都是我手下大將，此番必定馬到成功。」

第五公子又出招

招待花月夜的客房也是一片全黑，但其中靜靜的坐著一個全白色的人。

「第五公子」俞錟至。

「俞公子，你也來了？」

「當然不如你這貴賓，我是偷偷進來的。」俞啖至笑道。「他們沒對你起疑？」

「有那麼一點。」花月夜心有餘悸。「那個黑魔女的魔法挺厲害的。」

「黑魔女的『黑魔法』源自於西方古國巴比倫，黃道十二星宮也源自巴比倫，所以藏著十二星宮魔王的『女媧寶盒』極有可能就在此處。」

「我們要在王宮裡大肆搜刮嗎？」花月夜皺眉。

「不，王宮重重侍衛，又有那黑魔女作梗，談何容易。」俞啖至道。「我的計畫是要你來遞交偽造的大宋國書，誘使卡迪爾大汗出兵進攻歸義軍，然後我才能在城內仔細的搜尋寶盒。」

「原來如此。」花月夜仍有疑問。「這次進軍，可有獲勝把握？」

「歸義軍怎會是黑汗王國的對手？而且我還備有更厲害的殺著，能讓你得到歸義軍。」俞啖至露出詭異的微笑。「你聽清楚了，不是讓黑汗國攻下歸義軍，而是讓你主掌歸義軍！」

莫高窟

這日一早，曹宗壽就派人來請莫奈何等人出城巡視防務。

「巡視他娘！」櫻桃妖罵道。「這老小子存心找我們的麻煩。」

莫奈何想了想：「既然是天王，還是得上前線去提高士氣。」

曹宗壽年近五十，仍保有馬上征戰的身手，他一馬當先，直奔敦煌城外，一面指揮著各種部署。

莫奈何等人不懂軍事，跟著他亂轉，坐在駱駝背上直打呵欠，不知過了多久，竟來到一大片依山而建的洞窟前，山頂金光閃閃，有若佛光普照。

「這是哪裡？」

曹宗壽道：「這兒名叫『莫高窟』，始建於五胡十六國的前秦時期，至今共有洞窟千餘個。」

敦煌位於絲路要衝，來往客商頻繁，更是佛教東傳的重要據點。

莫奈何搔了搔頭，傻笑道：「原來你是帶我們來觀光的？」

曹宗壽道：「不，因爲這裡有個高人，想請天王跟他談談。」

曹宗壽帶領一行人登上山腰，每個洞窟內都供奉著石雕佛像，並有壁畫襯托，美侖美奐。

梅如是道：「久聞莫高窟巧奪天工，今日一見，果然不虛。」

不多時，來到一個洞窟內，往裡走，北側還有一個狹窄的小洞。

「就是這裡了。」曹宗壽點燃火把，走了進去，莫奈何等人尾隨其後。

黎翠走到洞口就停住了。她被花月夜囚禁在地窖裡折磨過一段日子，至今對於封閉空間猶存恐懼之感。

梅如是知她心思，悄聲道：「翠兒，妳就留在外面，到處看看吧。」

黎翠點了點頭，走到另一邊去了。

請君入甕

八尺見方的小洞內有一座彩色塑像，放在位於北面的低壇上。這塑像卻非佛像，而是模擬眞人的雕像，在這時代非常罕見。

薛家糖道：「此人必定是得道高僧？」

曹宗壽道：「他是敦煌地區最有名的『洪辨』和尙，這裡就是他坐禪、圓寂的地方，百姓爲了紀念他，改建成『影窟』。」

所謂影窟相當於世俗的宗廟或祠堂。

「你說的高人在哪裡？」莫奈何四顧。「別就是這尊塑像？」

曹宗壽不理他，繼續說道：「歸義軍的始祖張議潮在收復了河西十一州之後，想跟當時的唐朝朝廷取得聯繫，但因時局混亂，行旅不易，只有僧侶可以暢行無阻，洪辨和尙便將河西的地理、人口圖籍藏在手杖之中，歷經千辛萬苦去至長安，獻給了唐宣宗，張議潮因而受封為『歸義軍節度使』，洪辨和尚也受封『河西都僧統』……」

莫奈何等人聽著無聊，沒注意曹宗壽邊說邊往後退，臉上並露出賊笑：「所以這個洞窟可稱得上是洞天福地，天王若能在此修道，必能得道飛升。」

梅如是猛然發覺情況有異，才想出聲提醒，那曹宗壽已退到洞外，一拉洞口的機括，瞬即落下一塊大石，封住了洞口。

「那傢伙竟然想把我們困死在這裡！」

莫奈何、薛家糖跑去推那塊大石，直如猢猻撼石柱，半點影響也無。

「這要怎麼辦？」

莫奈何等人又弄了半天，渾身是汗，幾近虛脫，曹宗壽帶來的火把都快熄滅了。

一直跟在旁邊的青鳥忍不住道：「糖糖，你不是能變成妖怪嗎？怎麼現在毫無用處？」

薛家糖哭道：「你還怪人家，人家沒有這麼大力氣嘛。」又對著莫奈何跳腳。「都是你害的啦！」

薛家糖也被關在地窖裡許多時日，也有幽閉恐懼的症狀，此刻伴同著絕望一起發作，現出妖鳥之形，展開雙翅在狹小的石洞內亂飛亂竄，撞得自己滿頭包。

莫奈何唉道：「你就省點力氣去弄那塊大石頭吧。」

薛家糖驟然飛到莫奈何面前，獰笑瞪著他，眼睛發出閃閃紅光，喉管則咕嚕咕嚕的發出怪聲。

莫奈何嚇一跳：「你想幹什麼？」

薛家糖詭異的輪眼看著他與梅如是：「老子問你們，當初你們救下花月夜，現在後不後悔？」

莫奈何把頭皮搔得「刮刮」響，梅如是則平靜的說：「當然不後悔。」

「不後悔？」薛家糖厲聲怪叫。「他害得老子變成這樣，還放出細菌害死了好多人。」

「我又沒有預知結果的本領，人只能依靠當下的直覺。」梅如是依然心平氣和。「如果重來一次，我還是會做出相同的決定。」

「好妳個梅如是！」薛家糖轉問莫奈何：「你呢？」

莫奈何仍只傻笑而已。

櫻桃妖在葫蘆裡罵道：「你還問他做什？那個小賤人說什麼，他當然也就說什麼。」

薛家糖點點頭，逼到莫奈何面前：「把衣服脫掉！」

莫奈何一驚：「你有什麼怪毛病？」

「老子叫你脫你就脫！」

青鳥嘰嘰尖叫：「糖糖，你怎麼變性了？」

薛家糖厲聲道：「莫奈何，老子知道你的心思，你喜歡梅姑娘，對不對？這裡正好是個洞，也就是你們的洞房！」

莫奈何，梅如是都呆掉了，這傢伙到底在發什麼瘋？

葫蘆裡的櫻桃妖更忍耐不住，衝了出來，變作粗壯大娘：「你這鳥人，管的閒事也太多了。」

薛家糖獰笑道：「櫻桃妖，妳的心思，老子也一清二楚，妳想吸取莫奈何的元陽，老子偏不讓妳得逞，老子偏要莫奈何把元陽送給梅姑娘。」

櫻桃妖氣得快暈了，一拳搗了過去：「今天我非要把你打扁了，烤來吃。」

薛家糖絲毫不懼，翅擊爪抓喙啄，著著搶攻，一邊咭咭怪笑：「妳想吃老子？老子才最愛吃櫻桃哩。」

雁啄櫻桃，天經地義，櫻桃妖在基礎上就先輸了一籌，薛家糖的法力雖然遠不如櫻桃妖，但他有著西王母嫡傳的針法，幾招之後，十根金針便開始穿梭擊刺，鬧得櫻桃妖眼花撩亂。

莫奈何叫道：「櫻桃，快加把勁兒呀。」

薛家糖怪笑道：「你太違背良心了，你眞正的希望應該是讓我打敗小妖怪，你才能跟梅姑娘同床。」

莫奈何一怔，再也搞不清楚他希望哪個人贏？

櫻桃妖面臨七千多年來最重要的關卡，當然卯足了全力，猛打強攻，薛家糖終於抵敵不過，敗退到牆角。

櫻桃妖厲喝：「你去死！」

櫻桃妖正要使出最後殺手，薛家糖忽從懷裡拿出了一樣東西，朝著櫻桃妖一晃，一道金光擊中櫻桃妖的額頭，打得她三魂出世、六魄涅槃。

是西王母的符咒。

櫻桃妖眼冒金星，連站都站不穩，只得躲回葫蘆裡養傷去了。

薛家糖得意洋洋的逼近梅如是：「也許老子應該先聽聽妳的想法？」

梅如是翻手拔出隨身攜帶的鶩鴐寶劍，冷然道：「妖怪，離我遠點。」

「唉喲，這劍好利啊，老子怕死了！」薛家糖笑道。「但妳以後還能鑄出這麼好的劍嗎？」

青鳥嚇得攀在小洞頂端的岩壁上：「她當然能鑄更好的劍，你若再逼她，小心她砍死你。」

薛家糖譏刺大笑：「你放心，她的鑄劍生涯已經完蛋了。她一心想嫁給她的表哥，也就是新科狀元，但是這表哥呢，不許她發展她自己的事業，所以，從此這世上就再也沒有女鑄劍師啦，她只能到廚房、臥房裡去當個黃臉婆，以黃臉婆終此一生。」

他每說一句，梅如是的頭就低下一分，薛家糖促狹的把臉更逼近她：「梅姑娘，我說得對不對？」

梅如是很想反駁，卻發不出聲音。

薛家糖續道：「所以妳最好的歸宿就是跟這個渾頭小道士上床，將來妳鑄劍，他生火；妳磨劍，他裝炭；妳肚子餓了，他煮給妳吃；妳衣服髒了，他幫妳洗……」

莫奈何暗道：「我做這些倒是挺在行的。」

「你們如果生了一堆小孩，也不用煩惱，他會幫妳餵小孩、打小孩，把每一個都養得跟他一樣呆。」

莫奈何暗怒：「這就不一定了！」

薛家糖的臉幾乎已快貼到梅如是的臉上：「告訴老子，妳到底喜不喜歡他？說得小聲一點沒關係，快告訴老子。」

梅如是當然一個字也不肯說。

薛家糖笑道：「不說，就表示起碼有好感。」轉身逼向莫奈何：「你呢，老子還是得問你一句，你喜不喜歡她？」

莫奈何本想罵人，但這時火把正好熄滅了，洞中一片漆黑。莫奈何轉念想著：「反正出不了洞，今天可能就死在這裡，現在又沒亮光，爲什麼還不敢說實話？」

本書最短的一章

莫奈何鼓足勇氣，拚盡全力嘶吼：「我今生今世，只喜歡梅姑娘一個人，直到永遠！」

山洞中的活春宮

他話一出口，只覺得自己的臉如同烙鐵一樣燙，還好沒人看見，也不知梅如是有何反應？

薛家糖陰惻惻的道：「既然喜歡，就該同床，你們都把衣服脫了，現在就成其好事。」

莫奈何怒道：「誰說喜歡就一定要同床？你這腦袋髒透了！」

櫻桃妖回過神來，在葫蘆裡發話道：「耶！我百分之百同意這觀念。」

薛家糖怪笑不絕，迴音在洞內撞來撞去，震得大家耳鼓生疼。

「老子就先脫了梅姑娘的衣服，抱到你身上，看你還拒絕得了嗎？」

緊接著就聽見梅如是發出一聲驚叫，顯然是薛家糖已經開始行動了。

莫奈何大急，循聲撲了過去，抱住薛家糖的腳：「你別亂來！」

櫻桃妖也急得大嚷：「小莫，快加把勁兒，別讓他脫！」好像薛家糖脫的是她自己的衣服一般。

色大力小

卻說黎翠在山腰上逐一觀看各個洞窟，望著各尊佛像寶相莊嚴的面容，心中不免暗自嘀咕：「師傅西王母的容貌畢竟太兇惡了一點，也許該跟人家學學。」

她專心參拜佛像，沒防著一個人從後面偷偷掩來，攔腰抱住了她。

原來曹宗壽早就覬覦她的美色，又以為她好欺負，正好趁這個機會享享豔福。

黎翠被花月夜欺凌了許久，一股怨氣堆積在心底深處，現在又見這半老不老的東西也想來這一套，哪還忍耐得住？回身一拳打在曹宗壽的鼻子上，登即鮮血直流。

曹宗壽痛得哭爹叫娘：「妳這小妞兒怎麼這麼蠻啊？」

黎翠又一腳踢中他小腹，讓他從山腰上一直滾了下去，哪還敢停留片刻，沒命跳上馬背，飛奔而去。

黎翠慌忙回身去找莫奈何等人，花了不少時間才找著那洞中之洞，一拉外頭的機括，封住洞口的大石緩緩升起，只聽得洞內眾人絮絮聒聒的爭吵不休：「不准你脫！……老子偏要脫！……小莫，快攔住他！……櫻桃，妳少說點話行不行？……老子叫你們上床，你們就快上床！……」

黎翠雖不知他們在幹什麼，但只聞得「老子」不絕於耳，便知薛家糖又在發妖性，忙罵了聲：「糖糖，你又作怪？」

薛家糖一聽見黎翠的聲音，頓時回復原狀，委屈的噘著嘴：「人家只是想做做好事嘛。」

洞內亮了起來，黎翠見他們都有點狼狽：「你們怎麼了？有沒有怎麼樣？」

莫奈何強笑道：「沒……沒什麼……」完全不敢回眼看梅如是，低著頭闖出洞外。

間諜戰

黑汗大軍已進至敦煌兩百里外，暫且紮營休息，並派出探馬打聽城內消息。

花月夜走入幽扶索的大帳，向大汗請纓道：「在下在敦煌城內早有許多間諜細作，我可以先潛入城中，發動他們散播謠言，作爲內應，如此裡應外合，指日便可破城。」

幽伏索大喜：「不料天朝使者還有這許多門道，既如此，你就快去吧。」

花月夜化身大雁，飛入城內，按照俞猻至的指示，很快的就聯絡上潛伏在城內的百名細作。

「俞公子有何指示？」花月夜並不知曉俞猻至的全盤計畫，這是第五公子一貫的作風。

細作頭兒朝花月夜道：「公子吩咐，要我們四出散播曹宗壽已死的消息，瓦解守軍的士氣。」

花月夜心忖：「人家明明沒死，散布這種謠言有什麼用？」面上絲毫不露的說：「那麼，大家就照辦吧。」

敦煌藏書的由來

莫奈何等人騎著駱駝離開莫高窟，行不多遠，就看見前方一座名爲「鳴沙寺」的宏偉佛寺。

薛家糖剛才在洞內攪弄半日，又渴又累：「我們進去討杯水喝。」

青鳥罵道：「你不要一進去又發瘋，這些和尚都是有法力的。」

進得寺內，只見幾百名僧人瘋子似的在廣場上胡奔亂竄。

「這是怎麼啦？」

住持老和尚聽說赫連天王駕到，自得出來應酬一番。

一問之下，才知是因爲大家聽說黑汗大軍已殺奔前來，所以驚恐萬分。

住持和尚嘆道：「黑汗王國不但不信佛，還曾經揚言要毀佛滅佛！吾等死不足惜，但本寺珍藏許多自『前秦』以降的珍貴經書，若遭損毀，實乃人類文明的一大浩劫。」

莫奈何想了想：「方丈應該知道，莫高窟有個洪辨和尚的影窟，那是個洞中之洞，不易被人發現，又有機關石門，頗適合藏書。」

住持一拍額頭：「還是天王厲害！我怎麼都忘了這個地方？果然很合適。」命令僧人將寺中所藏經書統統都搬到那小山洞裡去，這便是日後震驚世界的「藏經洞」的由來，當然沒人知道這洞窟當初差點成爲莫奈何與梅如是的洞房。

待到身邊沒人時，莫奈何拉住薛家糖，悄聲問道：「你剛才爲什麼要做那樣的事？」

薛家糖嘴一扁，就想哭：「人家也不知道嘛……就是……反正……」

莫奈何結巴著說：「你雖然粗魯，不過嘛……其實我倒有點……但是嘛……你把梅姑娘嚇壞了，這就很不好……」

兩人正咕咕噥噥的說不清楚，另一個法名「淨根」的老和尚畏畏縮縮的走了過來：「赫連天王，貧僧想請教一事……」

「老丈請問。」

「聽說天王來此是爲了替于闐復國？」

「沒錯。」

「咳咳，又聽說天王已經見過了于闐王？」

「沒錯，我已將他帶來，現在正在敦煌城內。」

淨根老和尚的臉上露出愁苦的表情。

國王出氣筒

曹宗壽回到城中，立刻召集部屬開會。

手下將領看見他的臉腫得像個爛西瓜，都嚇一跳。「令公怎麼啦？」

「唉，別提了！」曹宗壽一肚子鳥氣早已鎖定了發洩的目標。「把那尉遲薩格瑪依叫來。」

年輕的于闐國王縮著脖子進入大門前豎著六面大旗的鎮軍府。「令公喚吾何事？」

曹宗壽冷笑：「沒什麼，就是看你不順眼。」喚入二十多名侍衛。「將此人拖出去砍了。」

「砍了？」部將們面面相覷。「那要如何向天王交代？」

曹宗壽冷笑：「赫連天王不會再回來了。」

部將們兀自猶豫，曹宗壽又疊聲命令侍衛：「還不快執行將令？」

兩名最粗壯的侍衛上前抓住尉遲薩格瑪依的肩膀，但下一刻，他倆的腦袋卻搬了家。

大家都沒能夠看清楚這事兒是怎麼發生的，只看見尉遲薩格瑪依的手裡多了把彎刀。

一直表現得像個膽小鬼的尉遲薩格瑪依，此刻直若阿修羅手下的奪命鬼！

曹宗壽的侍衛親兵都是歸義軍中武功最高強的武士，但那「假尉遲」的彎刀實在太鋒利，侍衛手中的兵器比玩具高明不了多少，很快的就躺下了一大片。

我才是于闐王

淨根老和尚對著莫奈何輕咳道：「我不曉得天王帶來的尉遲薩格瑪依是誰，我只曉得我才是于闐王尉遲薩格瑪依。」

莫奈何一頭霧水，但回想起那日在長安甜水街救下那個年輕人，他說他是于闐國王，自己居然就傻傻的相信了，根本未加查證！一念及此，渾身直冒冷汗。

淨根老和尚又道：「三年前，黑汗大軍攻破和闐，我帶著隨從前來投奔歸義軍，但曹宗壽不肯見我，過沒多久，隨從也星散了，我只得躲入鳴沙寺中假扮成和尚，本想就此了卻殘生，但現在竟然有人假冒我，不知他是何居心？」

莫奈何搔著頭皮招呼同伴：「我們快趕回敦煌城！」

間諜的本質

敦煌城內已經起了不小的騷動。

花月夜與俞啖至手下的細作在大街小巷大呼小叫：「曹令公已死！黑汗國的大軍就要

攻過來了！他們要屠城！」

居民百姓原本還不太相信，但過沒多久，就看見鎭軍府內亂跑出許多將領，嚷嚷著：「于闐王殺人了！曹令公生死未卜！」

滿城人心頓即浮動，人群像雜亂的碎葉子逐波飄流。

就在這時，莫奈何等人騎著駱駝衝入城內。莫奈何舉起大夏龍雀寶刀，喝道：「本天王在此，有什麼好怕的？那個于闐王是假的，我們正要去抓住他。」

百姓們瞬間安靜下來。「天王萬歲！那些散播謠言的人是誰？太可惡了！」

花月夜隱在暗處，心知若不把莫奈何除掉，此事決難成功，便指揮細作：「快去暗殺那個假天王。」

然而，自古以來會當間諜細作的人都是見風轉舵、偷雞摸狗之輩，哪還聽從他的指派，早都雜入百姓群中大喊「天王萬歲」去了。

花月夜一肚子氣：「俞啖至自以爲聰明，其實就跟小丑一樣的盡出餿主意，跟他合作，半件事情都弄不成，我還是自求多福吧。」轉動著如此念頭，悄悄離開了敦煌城。

笨蛋互罵

鎭軍府中，「假尉遲」大開殺戒，將二十多個侍衛親兵殺得精光。

歸義軍的將領早都跑光了，曹宗壽也乘亂躲入一間密室。

「假尉遲」提著血淋淋的彎刀，滿屋搜索，一邊唱歌似的哼著：「曹令公，汝避於何處？須知吾必尋得著汝，屆時必將汝千刀萬剮，職是之故，汝應趁早出面、乖乖受死爲上。」

找了半天，終於找著了密室入口，門一拉開，就想殺人。

一道赤燄飛了過來。

「曹宗壽，接劍！」梅如是適時趕到，將驚駕寶劍扔了過去。

曹宗壽單手接劍，反腕一揮，劍光泛出幾線梅紅，正削在砍下的彎刀之上。

月形彎刀是當今世上最鋒銳的兵器，假尉遲的彎刀更屬其中翹楚，但碰上驚駕寶劍，也變成了玩具，一聲清脆的響聲過後，俐落非常的斷爲兩截。

「假尉遲」卻不想逃，手持斷刀和身撲了過去，一副要跟曹宗壽同歸於盡的架式。

薛家糖從後趕到，兩支金針射入他雙腳的「陰市」、「陽交」穴，「假尉遲」不得不跪倒在地。

莫奈何衝到他面前，喝道：「你這傢伙騙得我好苦！你冒充于闐王到底是爲了什麼？」

曹宗壽沒好氣：「笨蛋！他就是想刺殺我。」

莫奈何雖然理屈，但仍反罵：「你才笨蛋！事情才不會這麼簡單。」

梅如是沉聲問那「假尉遲」：「是誰指使你的？」

「假尉遲」倔強不語。

梅如是道：「我猜一定是那第五公子俞惔至，因爲花月夜也是他的手下，所以他早就清楚我們的動向，要不然那天怎會這麼巧，于闐王就在長安的甜水街被人追殺？那些殺手事後又統統自殺，不透露半點祕密。」

「都是因爲你們太笨，居然去救一個素不相識的人。」曹宗壽又罵。

梅如是怒道：「我最不該救的人是你，剛才讓賊人把你刺死算了。」

莫奈何也罵：「對啊，你若不把我們關在山洞裡，哪會發生這種事？你才是最大的笨蛋。」

黎翠最後才走進來，指著曹宗壽道：「這個人，不是好人。」

薛家糖驚問：「他怎麼了？」

「他……」黎翠畢竟說不出他剛才想要輕薄自己的事。

憤怒的薛家糖轉瞬化爲鳥妖，長喙啄向曹宗壽頭顱：「老子吃了你！」

曹宗壽嚇得跪地求饒。

「假尉遲」忍不住哈哈大笑。「汝等俱爲笨蛋，全都逃不過俞公子之算計。」

莫奈何追問：「俞謐至派你暗殺這個姓曹的笨蛋，然後咧？」

「吾先刺殺曹某人，而後花月夜公子再以大宋使臣之名義擒殺吾，如此一來，花公子便可獲得敦煌民心，進而吞併歸義軍。」他說這些話的時候面不改色，完全不介意自己只是一顆用完即棄的棋子。

莫奈何又問：「可是，黑汗王國為何要出兵呢？」

「黑汗王本就想斬草除根，只是一直不知尉遲氏躲在何處；再者，花公子偽稱大宋信使，聲言大宋也會出兵，所以卡迪爾大汗認為穩操勝券。」

「我還是不懂，俞謐至為什麼要挑起黑汗王國與歸義軍的戰爭？」

「假尉遲」搔了搔頭道：「此事就非吾所能知曉。」

就在這個時候，探馬狂奔入府。「黑汗大軍已至城外！」

毛被燒光的鳥

黑汗國的軍隊也是全黑的，黑旗黑馬黑盔黑甲，黑得看不清任何一張人臉，一團烏雲似的湧到城下，架起雲梯，想要蟻附攻城。

莫奈何等人上了城牆，被這浩大的聲勢嚇了一跳。「眞不要命啦？」

薛家糖剛才的怒氣還未發洩，眼見那些螞蟻般的人在梯子上爬，便起了點「鳥」心，展開雙翼撲了下去，一陣亂啄亂抓，把那些爬在梯子上的士兵全都轟下地面。

黑汗軍嚷嚷著往後退卻，初到時的旺盛士氣全都被打趴了。

幽索伏膽戰心驚：「他們有妖怪助陣，這可如何是好？」

身後的黑魔女陰陰一笑：「這樣才顯得出我的手段。」

黑魔女舉起她的黑魔杖，朝前一指，一道黑光逕奔薛家糖而來。

她這魔法杖是妖怪的剋星，然而上次對上花月夜，因爲他是半人半妖，黑魔法雖剋住了他的妖性，卻無法剋住他屬於人類的武功；這次對上薛家糖也是一樣，黑光將他頭上、翼上的羽毛都燒光了，令他醜陋得像隻烤小鳥，但並沒能眞正傷害到他。

黎翠忙叫：「糖糖，你又發什麼瘋？快回來！」

她不出聲還好，一出聲，薛家糖就變成了凡人，還沒能說出半句「人家怎麼樣」，就「咚」地一聲摔落在城牆底下。

黑魔女厲喝：「抓回那妖怪！」

黑汗士兵止住退卻之勢，回身想抓薛家糖。

黎翠急了，抖手八支金針拚盡全力射出，其實西王母的金針射程可達一里之外，只是從來沒人這麼使用過。

黑魔女當然沒碰過這種怪異的兵刃，被那靈活似蛇的金針搶將入去，嘴上先挨了兩針，痛得哇哇叫，幽索伏又忙叫退兵。

同時間，敦煌城內的兵卒也把薛家糖救入城內。

這一仗，雙方算是平手。

黑汗大軍離城三里紮營，把整座敦煌城團團圍困起來。

歸義軍的將領個個愁眉苦臉，因爲城內的兵力遠遠不及對方，突圍、出戰都不可能，只剩坐以待斃一途。

莫奈何一則因自己多事，替歸義軍惹上了麻煩；二則敦煌軍民都仰賴他這個「天王」，他可不願讓他們失望。

他沉思了一番之後，做出決定：「我只好去搬救兵了。」

箭神文載道

文載道是一千五百年來最負盛名的神箭手。

其實這個書呆子根本不會射箭，還曾經摔壞了腦袋，變成過目即忘的白癡。但在今年五月間，他不但糊裡糊塗的修好了腦袋，還糊裡糊塗的得到了「后羿神弓」，又糊裡糊塗的當上了夏國公主趙百合的丈夫，他的命運從此由谷底翻轉，成爲人人稱羨的才子加大俠加駙馬！

莫奈何風塵僕僕的趕到夏國首府「興州」，城內居民一見到他就熱烈歡迎。

三月間，他在趕赴崑崙山途中路經夏國，用他「赫連莫奈何天王」的權威制止了歸義軍呑併夏國的企圖，事後受封爲夏國國師，夏國百姓自然對他愛戴有加。

莫奈何笑道：「我來找文駙馬。」立即被簇擁著來到王宮後面的練箭場。

夏國人口不多，舉國皆兵，每一名丁壯每天都要練習射箭、摔角等武技。

文載道見了莫奈何，喜得大叫：「小莫，我就知道你會來看我。」

莫奈何唉道：「誰想看你？實在是不得已。」

文載道喚出妻子趙百合：「妳看看誰來了？」

趙百合的嗓門比大喇叭還要大上幾分，喜得大叫：「小莫，我就知道你會來找我！」

莫奈何乾咳：「我找妳做什？耳朵都聾了。」

他們於五月間一路從大遼至高麗，出生入死了無數次，彼此間的情誼當然好到沒話說。

文載道抓著莫奈何的手就往宮內走：「咱們好好敘敘。」

射箭場上的士兵都不依：「駙馬爺，你還沒教我們射箭。」

文載道的臉變得像個大苦瓜，悄聲道：「他們都以爲我很會射箭，整天纏著要看我的箭術、要我當箭術師傅，我怎能誤人子弟呢？」

文載道得到后羿神弓之後，射下肆虐高麗國的九面太陽鏡，因而名揚天下，但若論到眞實箭技，連基本動作都做不好，比夏國的六歲小孩還不如。

莫奈何問道：「那你這些日子怎麼躲過的？」

文載道傻笑：「只好每天編藉口。幸虧腦袋修好了，胡亂編個藉口還不難。」

射箭場上的士兵仍纏個不休，但見王宮內跑出一個七歲小孩，大叫著抱住莫奈何的大腿：「小莫國師來了？我好想你！」

趙百合罵道：「嵬理，不要這麼沒大沒小的，一點禮數都沒有。」

這小孩「嵬理」是國主李德明的大兒子，漢字姓名李元昊。

趙百合是國主李德明的親妹妹、李元昊的親姑姑，爲何卻是異姓？原來中原的皇帝對這個邊陲小國一直採取懷柔政策，唐朝賜姓李，大宋又賜姓趙，所以王族之中有人喜歡姓李，有人喜歡姓趙，隨便就好，見怪不怪。

七歲小孩的用兵之道

夏國國王李德明今年二十九歲，雖是武夫出身，卻有著精細的頭腦與圓融的手段。

他先熱情的以國宴款待莫奈何，但當莫奈何道明來意，希望他出兵援救敦煌時，他就一逕顧左右而言他。

夏國是由党項羌族建立的。党項羌族人自古以來散居各處，直至唐朝末年，首領拓跋思恭因平定黃巢之亂有功，被封為「夏州節度使」；百年後，大遼的皇帝又冊封當時的首領李繼遷為夏國王，這便是夏國國號的由來，二十九年後，才被中原稱為「西夏」。

這一股新興勢力雄霸河套，成為歸義軍的心腹大患，曹宗壽三月間才出兵進襲夏國首府興州，現在想要夏國出兵救援敦煌，自是提都甭提。

散席後，莫奈何愁眉苦臉的跟文載道、趙百合告辭。

趙百合拉住他，不讓走：「那曹宗壽不是個好東西，你幹嘛要替他出力？」

莫奈何嘆道：「因為我太笨，把那假于闐王帶過去，害得他們遭受兵災，現在我怎能撒手不管？」

「而且梅姑娘還在那兒，最起碼要把她帶出來。」文載道回身進屋，拿出了后羿神弓與神箭。「我跟你去。」

趙百合只得說：「好吧好吧，我跟你們去。」

一個稚嫩的聲音道：「我也要去！」七歲的李元昊蹦蹦跳跳的走過來。

趙百合罵道：「你給我乖乖的待在家裡，跟著我們大人起什麼鬨？」

李元昊笑道：「我沒去過河西走廊，很想去看看，也可以觀察一下，將來怎麼攻占那個地方。」

莫奈何暗忖：「這娃兒長大了可不得了。」

趙百合仍想把他趕回去，李元昊卻道：「你們就只三個人，不嫌寒酸嗎？去了反而丟我們夏國的臉。我可是偷了爹爹的兵符！」說著，得意洋洋的從懷裡掏出一塊兵符。

趙百合不看那兵符還好，看了罵得更厲害：「這狗頭兵符有個屁用哇？」

莫奈何問道：「狗頭兵符能調多少兵？」

「就……一個將，十個兵！」

李元昊笑道：「兵不在多，有旗則靈！十個兵一共會帶四十匹馬，每匹馬的尾巴上綁一支大掃把，掃起來的煙塵還是挺嚇人的，再把咱們夏國的十面軍旗一揚，哈，軍威顯赫，聲勢浩蕩，定讓敵軍心驚膽戰，友軍士氣大振。」

文載道聽得一揖到地：「在下佩服。」

趙百合罵道：「他就只學了這麼一點點用兵之道，有什麼好佩服的？」

文載道傻笑：「我是佩服他出口成章，比我還溜。」

大軍殺來了！

幽索伏的心情糟透了。

大宋不是說好了會派兵夾擊歸義軍嗎？到如今宋兵在哪裡？爲什麼還不來？

他無數次派人去找「大宋信使」花月夜，但那個姓花的傢伙就跟繡花破鞋一樣的不見了。

今日一早，他又在生氣，忽見一名來自後方的快馬探子一臉驚慌的衝入大帳。「大汗，不好了！喀什噶爾的王宮被一群武功極高的賊子侵入搜刮，似在尋找什麼寶盒？」

這才是俞錟至最主要的目的，誘出了黑汗大軍，他便能從容的在喀什噶爾尋找「女媧寶盒」。

幽索伏早餐也不吃了，就想下令退兵。

黑魔女從帳後走出：「現在退兵，必致軍心渙散，自亂陣腳，反而更糟糕。不如先一鼓作氣攻下敦煌，然後再回師收拾那群強徒，才是上策。」

幽索伏本是個沒啥主意的肥佬，一聽此話有理，便發下命令，強攻敦煌。

城上守軍望見黑壓壓的敵軍蜂湧而至，幾乎都已放棄了抵抗的念頭。

就在這時，東面城牆上有人大叫：「夏國的援兵到了！」

大家舉目望去，遠方煙塵滾滾，不知來了多少人馬。

「好喂，赫連莫奈何天王果然把夏國全國的兵馬都調來了！」

敦煌城內士氣大振，黑汗軍中則是完全相反的景象。

探馬報至幽索伏大帳：「夏國兵馬大至，由太子李元昊與大將野利錫格率領，將旗十面，來勢驚人！」
幽索伏嚇了一大跳：「太子領軍？將旗十面？這有多少人哪？」
正要攻城的黑汗士兵聞訊，都膽怯的放慢了腳步。
再過片刻，又見一面大旗升上城樓，可是夏國駙馬的旗幟。
「啊，箭神駙馬也來了！」
文載道的箭神聲威早已遠播六合八荒，僅聞其名，就已令人喪膽。
黑汗士兵又加快了腳步，但不是向前衝，而是往後逃。

箭神本色

莫奈何帶著文載道等人登上城樓，曹宗壽與歸義軍的將領們都熱烈歡迎：「箭神來了，我們有救啦！」
莫奈何遙望敵軍陣營，幽索伏肥胖的身軀正站在大帳之前，便朝他一指：「那個就是黑汗王，射他。」
文載道新婚不到半年，甜蜜的婚姻生活讓他的腰腿有點乏力、雙眼有點模糊，他細細摸摸的從弓囊裡取出后羿神弓。
那是一把玩具也似短短小小、還有點破舊腐朽的老弓，彷彿一拉就會斷掉似的；他又取出一隻小箭，也同樣年深日久，連隻青蛙都射不死的模樣。

旁觀的將領都傻了眼，這就是「箭神」的弓箭？不會吧？

文載道笨手笨腳的拉弓、搭箭，突然渾身上下都開始發抖，怎麼也射不出去。

莫奈何靠到他身邊悄聲道：「我知道你的箭法不準，可你用上了神弓神箭，閉著眼睛也能把太陽射下來。」

「但是我……我不敢殺人！」

文載道是個書生，從未有過殺人的念頭，想起自己一箭射出就會殺害一條人命，他就想吐。

歸義軍的將領見他這模樣，更楞了，他在發什麼抖啊？有這麼窩囊的箭神嗎？

駙馬一箭定天下

幽索伏站在大帳前，看見城樓上有人朝著自己彎弓搭箭，想必就是那奪命箭神了。他一邊連滾帶爬的撲入大帳，一邊大叫：「救駕！救駕！」

黑魔女冷笑道：「大汗勿驚，讓他們瞧瞧我的厲害。」

她縱身一躍，跳到立在帳前的大纛之上，口唸咒語，魔法杖朝天上一指，頓時天昏地暗，飛砂走石，大團大團的黑塵暴襲向敦煌城牆牆頭。

守軍無法抵擋，驚慌亂竄。

但是這麼一來，反讓文載道安下了心，因爲什麼都看不見，也就徹底撇開了殺人的念頭與血淋淋的畫面。

他右抱嬰兒，左托泰山，輕拉弓弦，一箭射出。

玩具般的小箭輕飄飄的射入強風塵暴之中，完全遇不到阻力，逕奔黑汗陣營中央。

黑魔女眼見這麼一個小東西射過來，渾不在意的繼續做法，豈料那箭來到近前，驀地裡脹大了幾十倍，正如一顆砲彈，把黑魔女連同黑汗王的大纛一起砸得稀巴爛！

風砂當即止息，黑汗士兵驚見大纛已倒，頭都不回的逃之夭夭，幽索伏只落得大呼小叫的伏在馬背上緊隨於後。

歸義軍將領心想：「原來神箭的威力如此驚人！」都圍過來恭維文載道。

莫奈何笑說：「你們都不懂，文駙馬剛才是在做法。」

將領們都道：「我們哪會懷疑箭神，只是剛才風沙太大，迷了眼睛。」

曹宗壽更不住阿諛：「當年薛仁貴三箭定天山，今日文駙馬更厲害，一箭定黑汗。」

文載道抹了一把汗，笑道：「其實眞正的大英雄是太子，他只帶了十騎，卻似千軍萬馬，使得敵軍未戰先怯。」

將領們茫然四顧。「太子在哪兒？」

七歲的李元昊從文載道的大腿後面轉出：「我在這兒呢。」

將領們盡皆拜服。「太子天縱英才，用兵如神！」

文載道笑道：「曹令公既提起薛仁貴的典故，當年他大敗回紇鐵勒九姓，軍中歌之曰『將軍三箭定天山，壯士長歌入漢關』，如今則是『太子十騎定大荒，壯士長歌入敦煌』。」

歌詞立馬發了下去，全城軍民齊聲合唱，好不粗糙難聽。

趙百合仰慕的偎入文載道懷中：「相公眞是博學強記，才思敏捷。」當晚在枕席間竭力奉承，弄得文載道昏頭搭腦，不在話下。

李元昊也因此增加了不少自信心，十九年後眞的呑併了河西走廊，自也不在話下。

第五顆大印

莫奈何送走了文載道等夏國人馬，再把淨根老和尚帶到曹宗壽面前：「他才是眞正的于闐王，就交給你了，你先好好的安置他，以後看情形再徐圖發展。」

曹宗壽不敢不遵。

出來後，尉遲薩格瑪依掏出一個東西，交給莫奈何：「追隨我流亡的國師去年因病身故，所以我想……把他的大印送給天王，天王千萬不要嫌棄。」

莫奈何低頭一看，又是一枚「于闐國師」的大印。

「嗨喲，我已經成了專業國師了。」

櫻桃妖自從那日被薛家糖啄傷之後，就一直躲在葫蘆裡養傷，此時又忍不住哼了一聲：「眞是專業騙子！」

莫奈何收下第五顆大印，匆匆來到「四方館」。

黎翠與已經傷癒的薛家糖收拾好了行裝，正準備離去。

莫奈何不無膽怯的偷偷張望：「梅姑娘呢？」

「她……」黎翠輕咳一聲。「她已經走了。」

「走了？」莫奈何如遭雷殛。

黎翠掏出一方細心摺好的紙片：「這是她留給你的。」

莫奈何抖顫著手，展開紙片，上面只寫了四個字：「小莫保重。」

小莫保重？小莫保重？

莫奈何呆呆的捏著紙片，腦中一片混亂：「我不比她年長，但她一直都叫我小莫哥，現在為什麼又叫我小莫？保重又是什麼意思？保、重？應該合起來，還是分開來看？」

莫奈何死盯著那四個字，盯得眼睛都痠了，就是想從裡面看到一絲絲隱藏的訊息。

那日他大喊著說：「我今生今世，只喜歡梅姑娘一個人，直到永遠！」

他很後悔又很高興喊出了這句話，但梅如是聽見了，又會怎麼想？

「她會不會永遠不理我了，所以小莫哥就變成了小莫？她會不會回去就嫁給了顧公子，怕我跑去跳樓，才要我保重？」

莫奈何胡思亂想的登上敦煌城頭，望著滾滾黃沙、卷卷白雲，心頭一片惆悵。

歸來

當黎翠、薛家糖騎在駱駝背上，遠遠看見百惡谷的時候，心頭都感到溫暖極了。

「還是回家最好。」

黎翠雖已逐漸恢復正常，但仍一心想躲入谷中，永不出世。

兩人棄了駱駝，步行入谷，剛來到小木屋的土坡下，就嗅到一種熟悉的氣味——熬煮藥草的氣味。

「姐！」黎翠就想奔入屋內，薛家糖趕緊一把拉住她。

經過這段時日的磨練，他已培養出江湖老手的警覺心，小聲道：「青妹妹不喜歡熬藥，怕是有別人在屋裡。」

兩人悄悄掩至屋側，向內看去。

果然，坐在大鍋前的不是黎青，而是花月夜！

黎翠一見到他，又止不住渾身發作顫抖，薛家糖生怕她心病又犯，忙把她拉入樹林，讓她坐倒休息，自己再溜回窗外偷看，才發現黎青瘋子似的窩在角落裡，披頭散髮、衣著破爛、時笑時怒，不停嘀咕。

花月夜從鍋中舀了一碗藥，端到她嘴邊：「青姐，該吃藥了。」

薛家糖旋風似的衝入屋內，擋在黎青身前：「花……花弟弟，你害她害得還不夠嗎？」

花月夜見到他，顯然十分開心：「糖糖兄，我就知道你們會回來。」

薛家糖搶過他手裡的碗猛嗅。

花月夜失笑：「你別疑心，這是治癡呆的藥。」

黎翠失魂之時，薛家糖也曾熬過這藥，當然熟悉這氣味，但他仍不放心，自己端著藥碗想餵黎青。

黎青驚慌的把他的手打開，大叫：「小花兒，小花兒……」

花月夜忙接下藥碗，細心的餵她吃藥。

薛家糖仍懷疑他的企圖：「你又跑來幹嘛？」

「青姐因爲我變成這樣子，我不能不照顧她。」花月夜說得坦然直率。「而且，我還是要拿到你們的淨世玉瓶。」

薛家糖大怒：「你休想！」

「欸，糖糖兄，你別這麼死腦筋，我又不會害你們。」

外面忽然傳來一陣玉磬敲擊般的清音：「裡面的人聽著，黎翠已在我手裡，若想她活命，就乖乖的遵從我的指令。」

薛家糖大驚衝出，果見黎翠已被一個全身白色的人制住了。

原來黎翠心神恍惚的坐在樹林裡，全沒防著有人偷襲，竟被人一擊得手。

薛家糖並不認識第五公子俞錟至，厲聲道：「你是誰？」

俞錟至有若劊子手，站在黎翠身後：「你別管我是誰，把淨世玉瓶交出來，我就把她完好無損的還給你。」

薛家糖毫不猶豫的從懷中取出玉瓶。

黎翠大叫：「這東西不能給他！」

青鳥也嘰嘰警告：「糖糖，你不怕師傅怪罪？她生起氣來可是六親不認，最近這一萬年，她就已經殺了五十六個徒弟！」

薛家糖不受影響，依舊拿著玉瓶向前走去。

驀然間，蛇般黑影閃過，將他手裡的玉瓶捲走。

花月夜也已來到屋外，悠悠哉哉的把軟索飛抓上的玉瓶取下，收入懷中。

俞錟至皺眉道：「你幹什麼？」

花月夜輕鬆笑道：「俞公子，我幫你去找『女媧寶盒』，費了不少力氣，所以這個玉瓶歸我，並不過分吧？」

「我在黑汗王國並沒有找到寶盒。」俞燚至強自隱忍。「我還需要這玉瓶。」

「你沒找到寶盒？」花月夜一聳肩膀。「那就不干我的事囉。」

俞燚至的玉臉逐漸變紅，已接近爆發邊緣，一字一字的說：「你敢不聽命？」

花月夜哈哈大笑：「我又不是你的走狗，幹嘛要聽你的命令？」繼而把臉一沉，破口大罵：「你擬出的那些計畫，就跟白癡差不多，當初若不是你阻止我大量擴散細菌，現在人類早就被我滅掉一半以上了。」

「你找死！」俞燚至終於動了怒，現出眞身，除了四肢與腦袋之外，全身都是透明的，五臟六腑清晰可見。

薛家糖與花月夜被他這噁心的模樣嚇了一大跳，一起後退。

青鳥驚叫：「他這是『水晶肚』，是神農氏的特徵。他若吃下有毒的東西，某個內臟便會發黑，可以一目瞭然。」

俞燚至嘿嘿笑道：「小鳥倒挺有見識！」

原來他乃是神農氏的末代君主「帝榆罔」的後裔，一直想從黃帝子孫手中奪回中原的統治權。

俞燚至右手拔出一柄藥鋤，左手掣出一條紅色的短鞭：「小鳥，你可識得這兩件物事？」

青鳥道：「藥鋤自然是採集藥草的必備之物，那條短鞭名爲『赭鞭』，用來鞭打各種花草，可令它們的藥性顯現出來。」

俞燚至沉聲道：「它不僅能讓藥性顯現，還能讓妖怪現形。」

花月夜一笑：「你這個透明的東西，有什麼資格說我是妖怪？」

「死已將至，還會貧嘴？」俞燚至左手赭鞭一旋，發出千百條血紅色的光芒，恍若車輪滾動，轟然碾向對手。

花月夜從未見過這麼怪異的武器，心知自己的軟索飛抓若被絞進去，必定成爲一塊廢鐵，只得現出大雁眞身，飛騰在半空中，一邊大叫：「糖糖兄，還不快幫我的忙？」

薛家糖皺眉道：「人家爲什麼要幫你？」

花月夜道：「你已經是半隻大雁了，不幫同類要幫誰？」

薛家糖被他這麼一說，體內的妖性發作，背上的翅膀止禁不住的長了出來。

黎翠因爲乍遇花月夜，又墮入了黑暗深淵，沒有出聲制止薛家糖。

薛家糖的嘴變尖了、爪也變利了，一聲尖嘶，振翅撲向俞燚至。

兩隻大鳥各展本領，圍住敵人或撲或啄，俞燚至絲毫不懼，赭鞭輪轉，一片紅光罩定自身，將他倆逼在外圍，右手藥鋤猛砸而出，花月夜閃避不及，左翅被鋤尖砸穿，鮮血直流。

驀聞一聲狂吼：「誰敢傷害我的小花兒！」

狀若瘋子的黎青從屋內衝出，不要命的撲向俞猋至後背；已被俞猋至放開的黎翠也如夢初醒，跟著姐姐一起動手，八支金針全都射向俞猋至雙目。

俞猋至躲過了正面襲來的金針，防不了後面撲來的黎青，她整個肥胖身體跨騎上他的後背，手中小刀深深扎入他背心。

俞猋至吃痛狂叫，猛力旋轉身軀，想要甩開她，但黎青的體重遲滯了他的行動，她那完全不要命的擒抱更讓他難以掙脫。

薛家糖見機不可失，振翅撲下，尖喙戳入他左目，叼出了他也是透明的眼珠。

俞猋至厲吼連連，反手揮鞭，赭鞭打在黎青背上，把她的身體幾乎打爛了一半。

黎青癱軟在地，黎翠、薛家糖衝過去照看她，俞猋至乘機負傷逃離。

本性難改

黎青的傷勢雖然嚴重，仍有救治的希望，黎翠忙著給她清洗、包紮。

薛家糖累壞了，坐在旁邊喘息，花月夜搭拉著鮮血淋漓的左臂走過來，親熱的拍了拍他的肩膀：「糖糖兒，我又要感謝你一次了。」

「人家不要你謝。」薛家糖沒好氣。「你最好還是離得我們遠遠的。」

他話沒說完就僵住了。

花月夜藏在手裡的金針刺入他背脊上的「神道」穴，讓他呆若木雞。

「糖糖兒，對不起了。」花月夜輕笑著湊近黎翠。「翠姐，這些日子，妳想我嗎？」

黎翠萬沒料到他在這個節骨眼兒還會說這些，驚得往後直退。

花月夜緊握住她的手：「我不會跟我爹一樣，把我心愛的女人獨自留在世間，我可以讓妳也變成大雁，我們一起遨翔天際，愛去哪裡就去哪裡。糖糖兒，你也可以跟我們一起……」

他的話也沒能說完，黎青掙扎著站起，從後面撲了過來，手中小刀猛然刺入他心窩，厲聲嘶吼：「我呢？你從來就不會想到我！」

花月夜挨了致命的一刀，卻只露出一抹苦笑：「青姐，我知道妳對我最好，但是……」

「你還不曉得怎麼樣才是最好！」黎青猛一反手，小刀刺入自己咽喉，立時氣絕身亡。

花月夜楞了一下：「可笑！我竟毀掉了對我最好的人……」終於不支倒地。

薛家糖勉強爬到他身邊，想要查看他的傷勢。

花月夜推開他的手：「好兄弟，我該死，我錯在不該活在這個人類的世界上，但人類也不該侵犯我們的世界！」

薛家糖淚下如雨：「花弟弟，人類對不起你，你不要怨恨他們，好不好？」

花月夜的眼神飄向天際，就像一隻大雁，愈飛愈高；他的嘴角也飄起了一絲笑意，就像秋天消逝前的最後一片落葉。

人心最難是忘懷

薛家糖把黎青、花月夜葬在百惡谷裡，兩個小小的青塚，比鄰併肩，一同迎接晨曦夕照。

黎翠本來反對將他倆葬在一起，但薛家糖說：「青妹妹不想離開她的小花兒，硬要把他們分開，恐怕不太好吧？」

黎翠跪在姐姐墓前，已哭不出半滴眼淚。

青鳥急匆匆飛了過來：「翠兒，我剛從崑崙山回來，師傅的心情很不好，她正在來此途中，她一來，必殺妳！」

薛家糖大驚：「翠妹妹，妳快逃！」

黎翠茫然：「逃？逃到哪裡去？」

「哪裡都好。」薛家糖說。「妳該像個孩子一樣的去體驗妳未曾經歷過的一切，把過去全都忘掉。」

「忘掉過去？」黎翠無法理解。「你忘得掉嗎？」
薛家糖苦笑：「當然忘得掉。」
「我若走了，那你呢？」
「我就在這裡坐鎮，師傅來了，我再慢慢跟她解釋。」
薛家糖知道黎翠不會愛上自己，也不該愛上自己，因爲他也屬於那無底深淵的一部分，而她現在最應該做的，就該如同梅如是所說，徹底忘掉那段黑暗的記憶。

永世的承諾

當西王母來到的時候，黎翠已經走了。
西王母厲嘯連連，一副想把薛家糖生呑活剝的模樣。
薛家糖筆直站在她面前，筆直瞪著她的眼睛，那氣勢，天塌下來都頂得住：「師傅，別怪她們，是妳沒把她們教好。」
西王母暴跳如雷：「我傾囊相授我的絕學，還要我怎麼樣？」
「但妳沒教她們怎樣面對自己的問題。」薛家糖強忍悲痛。「青妹妹抓得住天下最兇狠的病毒細菌，卻抓不住自己最喜歡的人；翠妹妹治得了天下最難醫治的疾病，卻治不了自己的心病。」

西王母呆住了，或許她也從來沒有面對過自己的問題。

「翠妹妹的任務，我接下。」薛家糖說出比鋼鐵還硬的話語。

西王母又噓半日，走了。

青鳥鬆了一口大氣：「沒想到你能把師傅這麼輕鬆的打發掉。」

「最艱難的在後面，」薛家糖的語氣很平淡，像在刻寫自己的墓誌銘。「那就是——一輩子信守承諾。」

薛家糖戴上那張極爲醜惡的人皮面具，晚上熬藥，白天巡視谷內細菌。細菌們怕死了他，因爲他比歷代的守衛者都要嚴厲許多。

偶爾，他會坐在山頂上，望著周遭只有砂礫的荒漠，過路商旅看見那個高高盤踞的怪物，時不時還會展開翅膀滿天亂飛，都嚇得繞道而行。

薛家糖從來不說謊，但他跟黎翠說了一個謊，他說他會忘掉過去，事實上，他堅決的保留住那段記憶。

在那裡面，花月夜永遠是個好人，黎青永遠不會死，黎翠永遠純白如紙，他們四個人一同快快樂樂的生活在谷中，永遠定格在那一刻。

——全文完——

國家圖書館出版品預行編目(CIP)資料

大話山海經：傷心百惡谷／郭箏著. -- 初版. --
臺北市：遠流, 2019.01
面； 公分. --（綠蠹魚；YLM26）
ISBN 978-957-32-8422-2（平裝）

857.7 107021337

綠蠹魚叢書 YLM 26

大話山海經：傷心百惡谷

作　者／郭　箏

總 編 輯／黃靜宜
執行主編／蔡昀臻
封面繪圖、設計／阿尼默
美術編輯／丘銳致
行銷企劃／叢昌瑜

發 行 人／王榮文
出版發行／遠流出版事業股份有限公司
地　址：104005 台北市中山北路一段 11 號 13 樓
電　話：（02）2571-0297
傳　真：（02）2571-0197
郵政劃撥：0189456-1
著作權顧問／蕭雄淋律師
2019 年 1 月 1 日 初版一刷
2021 年 6 月 1 日 初版二刷
定價 260 元

ISBN 978-957-32-8422-2
YLib 遠流博識網 http://www.ylib.com E-mail: ylib@ylib.com